KB111394

살인 현장은 구름 위

殺人現場は雲の上

살인 현장은 구름 위

초판 1쇄 펴낸 날 2019년 6월 28일   2쇄 펴낸 날 2019년 7월 5일

지은이 히가시노 게이고 **옮긴이** 김난주 **펴낸이** 박설림 **펴낸곳** 도서출판 재인 **디자인** 오필민디자인
등록 2003. 7. 2. 제300-2003-119 **주소** 서울시 강남구 언주로 30길 13 대림아크로텔 1812호
전화 02-571-6858 **팩스** 02-571-6857

ISBN 978-89-90982-81-0 03830 Copyright ⓒ 재인, 2019 Printed in Korea.

책값은 뒤표지에 표시되어 있습니다. 잘못된 책은 바꿔 드립니다.

살인 현장은 구름 위

히가시노 게이고

김난주 옮김

재인

K호텔 살인의 밤

1

9월 21일, 가고시마에서 묵는 날.

신일본 항공 승무원이 가고시마에서 묵을 때는 공항에서 택시로 10분 정도 거리에 있는 K호텔을 이용하기로 정해져 있다. 그들이 밤에 술을 마시러 가는 장소 역시 대개는 정해져 있다. 호텔 안에 있는 '와이키키'라는, 가고시마와는 전혀 무관한 이름의 바. 몇 명만 앉아도 가득 차는 카운터 자리와 4인용 테이블이 두 개 있을 뿐 딱히 내세울 것은 없다. 다만 도시에서는 절대 느끼기 힘든 분위기와, 어디를 봐도 가게 이름과의 연관성을 찾을 수 없다는 점이 특징이라면 특징이랄 수 있다.

신일본 항공 승무원 하야세 에이코, 통칭 A코는 오늘 밤도 조종사들과 함께 이 살풍경한 바에 앉아 있었다. 조종사들 중에는 술고래가 많다. 그만큼 스트레스가 많은 직업이라는 뜻일까.

"아, 살이나 좀 빠졌으면 좋겠다."

내놓고 그런 말을 한 사람은 A코와 동기인 후지 마미코, 통칭 B코였다. 그 말에서도 알 수 있듯이 그녀는 승무원치고

흔치 않은 체형이다. 게다가 얼굴도 동그랗고 눈도 동그랗다. B코라는 별명이 붙은 것도 시종일관 A코와 붙어 다닌다는 지극히 단순한 이유 외에 비즈처럼 동그랗다는 이유가 있었다.

"왜 이렇게 살이 안 빠지나 몰라. 안주도 꾹 참고 안 먹는데 말이야."

B코는 커다란 맥주잔에 담긴 맥주를 벌컥벌컥 들이켜고 나서 한숨을 내쉬었다.

"안 빠지면 뭐 어때서."

부조종사 사토가 말한다. 사토는 아직 이십 대인 데다 얼굴도 조각처럼 잘생겨서 당연히 여승무원들 사이에서 인기 만점이다.

"무리해서 뺄 필요 없어."

"하지만 A코처럼 무리하지 않아도 살이 찌지 않는 사람도 있잖아. 세상 참 불공평하다니까."

"난 위하수라서 그런 거지."

A코가 조심스럽게 말했다. 실제로 그녀는 살이 찌지 않는다. 아무리 먹어도 얼굴이 갸름할 뿐 둥그레지는 법이 없어서 힘들이지 않아도 늘 고전적인 미인형을 유지하고 있다.

"위하수는 승무원들의 직업병이지."

기장인 하마나카가 말했다. 그는 별 특징이 없는 남자다. 굳이 꼴으라면 대머리에 뚱뚱하다는 점 정도일까.

"A코는 좋겠네. 나는 왜 위하수도 안 걸리나 몰라."

"건강하니 얼마나 좋아."

"요즘 들어서 2킬로그램도 더 쪘단 말이에요."

"그래서 그런가……?"

하마나카가 정색하며 고개를 갸우뚱했다.

"오늘 이상하게 기체가 자꾸 옆으로 기울더란 말이지."

신일본 항공 여승무원 중에서 98기생 A, B 콤비, 하면 사내에서 모르는 이가 없었다. 하지만 둘은 유명한 이유가 다르다. 그냥 다른 정도가 아니라 하늘과 땅, 해와 별, 석탄과 다이아몬드만큼이나 다르다.

우선 A코는 입사 시험 때 경력 사항으로 시험관들을 깜짝 놀라게 했다. 이력서에 도쿄 대학 중퇴라고 쓰여 있었던 것이다. 그리고 시험 성적으로 또 한 번 놀라게 했다. 1차 시험에서 최종 면접까지 단연 톱으로 통과했기 때문이다. 당연히 훈련 과정도 수석으로 졸업했고, 정식 승무원이 된 후로도 조종사들의 신뢰가 두터워 그녀라면 무슨 일을 시켜도 걱정 없다는 얘기가 사내에서 정설처럼 통했다.

그렇다고 그녀가 나서서 일을 척척 해내는 스타일은 아니다. 평소에는 오히려 말이 없고 얌전한 편이다. 남들 뒤에 가만히 있어서 눈에 잘 띄지 않다가 돌연 큰일을 해내곤 한다.

한편 B코 역시 시험관을 놀라게 했다. 수험표에 붙어 있던 사진이 실제 얼굴과 너무 달랐기 때문이다. 그 뛰어난 보정 기술과, 무슨 수를 써서라도 합격하겠다는 집념에 시험관이 감동했다는 뒷얘기마저 있었다. 입사 시험에서는 1차에서 면접까지 전부 아슬아슬하게 턱걸이로 통과하는 묘기를 보여 주었다. 당시에 면접 담당자였던 사람이 나중에 전한 바에 따르면 그 동그란 눈으로 노려보니 마치 뭐에 씐 듯이 '합격' 도장을 찍지 않을 수 없었다고 한다.

훈련 과정도 꼴찌로 졸업했다.

그런데도 그녀는 좀처럼 낙담하는 법이 없었다. 심지어 몇 년 전에 텔레비전에서 방영한 승무원 훈련생 드라마를 떠올리며 '그런 멍청한 여자도 승무원이 됐는데 나야 무조건 합격이지.' 하고 생각했다니 이만저만 낙관적인 성격이 아니다. 정식 승무원이 되고 나서는 'B코에게는 반드시 A코를 붙인다.'라는 이론이 사내의 정설로 되어 있다. 물론 본인은 그 사실을 모른다.

이런 식으로 하나에서 열까지 정반대인 두 사람이지만 신기할 정도로 호흡이 잘 맞아, 동료일 뿐 아니라 한 아파트에 사는 룸메이트이기도 하다. 서로의 결점을 보완해 준다고까지는 말하기 어렵지만, 서로에게 부족한 면을 피차가 원한다고 나 할까. 아무튼 오늘 밤은 두 사람이 나란히 가고시마에서 묵게 되었다.

그 남자가 들어온 것은 넷이 술을 마시면서 싱거운 얘기를 나누고 있을 때였다. 그들 외에는 카운터 자리에 손님 둘이 있을 뿐이었다. 네 사람을 발견한 남자가 반색하며 다가왔다.

"아! 아까는 고마웠습니다."

그들 앞까지 다가온 남자가 희끗희끗한 머리를 정중하게 숙였다. 네 사람은 잠시 영문을 모르겠다는 듯이 어리둥절한 표정을 지었는데, 마침내 B코가 "어머나!" 하고 호들갑스럽게 환성을 질렀다.

"아까 그 손님이시군요."

"네, 그렇습니다."

남자는 이쪽에서 얼굴을 알아봐 준 덕분인지 눈가에 주름을 지으며 흐뭇하게 웃었다. 그 주름이 기억난 A코도 "손님도 이 호텔에 묵으세요?"라고 물었다.

"그렇습니다. 우연이 겹치는군요."

"캡틴, 이분, 오늘 우리 비행기 타신 손님이에요."

B코가 남자를 기장에게 소개했다.

남자는 오늘 그들이 탄 비행기에서 느닷없이 복통을 호소한 승객이었다. 나이는 마흔이 훌쩍 넘어 보였지만 체형이 날씬

하고 보기 좋았다. 나중에 그의 로맨스그레이가 멋지다고 말하기까지 했던 B코는 이렇게 다시 만나게 된 것을 기뻐하는 눈치였다.

"비행기에서 복통이라니, 거참 난감하셨겠습니다."

하마나카가 말했다.

"아닙니다. 두 승무원께서 잘 대처해 주신 덕분에 말끔하게 나았습니다."

남자가 자신의 배를 툭툭 두드렸다.

같이 한잔하시죠, 하면서 하마나카가 옆에 있는 의자를 권했을 때 카운터에서 전화벨이 울렸다. 빨간 조끼를 입은 웨이터가 수화기를 들더니 잠시 후 "혼마 씨 계십니까?" 하고 바를 둘러보며 물었다. 그러자 의자에 앉으려던 남자가 "아, 접니다."라고 대답하며 카운터 쪽으로 갔다. 그래서 A코는 손님의 성을 알았다.

혼마는 잠깐 전화 통화를 한 뒤 웨이터에게 뭐라고 한두 마디 한 후 다시 테이블로 돌아왔다.

"마누라가 호텔에 도착하자마자 컨디션이 좋지 않다면서 침대에 드러누웠지 뭡니까. 저는 비행기에서 복통을 일으키고 말입니다. 어쩔 수 없이 나이를 먹나 봅니다. 다행히 좀 나아졌는지 먹을 걸 부탁하는군요."

혼마의 아내라면 A코도 얼핏 기억이 났다. 하얀 옷을 입은 덩치가 큰 여자였다. 커다란 선글라스를 기내에서 내내 끼고 있었다.

"9시가 다 되어 가니 출출할 만도 하지요."

혼마가 벽시계를 올려다보며 말했다.

그가 주문한 것으로 보이는 샌드위치를 웨이터기 들고 나갈 때 B코도 엉덩이를 들었다. 그녀는 아까부터 화장실을 들락거리고 있었다. 맥주를 너무 많이 마신 탓이다.

혼마는 혼자 마실 줄 알았는데 뜻하지 않게 술친구가 생겨 기분이 좋았는지 말이 많았다. 덕분에 그의 직업이 대학교수이며 심리학을 가르친다는 사실도 알게 되었다. 대학은 어제 개강했지만 그의 첫 강의까지는 일주일 정도 여유가 있어 아내와 함께 규슈 구경을 하러 왔다고 한다.

"마누라의 조카가 이쪽에 있는 대학원에 다니고 있어서 그 녀석도 한번 만나 볼 겸 해서요."

그러고서 그는 술에 물을 섞어 마셨다.

"자녀분은 어떻게 되세요?"

A코가 혼마의 바지에 붙은 부스러기 같은 걸 집어내며 물었다. 그녀에게는 이렇게 여자다운 면도 있다.

혼마가 황송하다는 듯이 고개를 꾸벅한 후 "그게 말입니다, 하나도 못 얻었어요." 하고 눈꼬리를 늘어뜨렸다.

잠시 후 B코가 개운한 표정으로 돌아왔다. A코가 왜 이렇게 오래 걸렸냐고 묻자 그녀는 방에 가서 화장을 고치고 오느라고 늦었다고 대답했다. 그래서 더욱이 표정이 개운해 보였나 보다고 A코는 생각했다.

"아, 맞다. 저, 웨이터가 혼마 씨 부인께 샌드위치 가져다주는 걸 봤어요. 저희 방 바로 근처던데요."

"그래요?"

혼마가 솔깃한 표정을 지었다.

"어때요, 괜찮아 보이던가요?"

"얼핏 봐서 자세히는 모르겠지만 괜찮으신 것 같았어요. 안색도 좋은 것 같았고요."

"그렇군요."

혼마는 안심된다는 듯이 숨을 내쉬었다.

"그 사람이 앓아누우면 여행이고 뭐고 엉망이 되거든요. 휴, 다행이다."

그의 말투가 하도 실감나서 A코는 과거에도 이런 일 때문에 여행을 망친 적이 있나 보다고 짐작했다.

그로부터 네 시간쯤 함께 술을 마시다가 시곗바늘이 새벽 1시를 가리킬 무렵에야 술자리가 마무리되었다. 그사이에 남자들은 위스키 한 병과 맥주 여섯 병을 비웠고, A코는 맥주 작은 잔 두 잔과 주스 한 잔을 마셨다. B코는 큰 맥주잔으로 세 잔을 마셨고 화장실에 네 번 다녀왔다.

"야, 이거 오늘 밤은 뜻하지 않게 즐거웠습니다."

엘리베이터에서 내려 각자의 방으로 가던 도중에 혼마가 진심 어린 표정으로 말했다. 하마나카와 사토는 하나 아래층에서 이미 내린 후였다.

"더분에 잠이 잘 올 것 같아요."

"저희야말로 즐거웠어요. 재미있는 얘기를 많이 들려주셔서요."

A코가 대꾸했다. 혼마가 들려준 심리학 관련 일화는 내용이 상당히 유익해서 조종사들도 진지하게 귀를 기울였을 정도다.

"정말 참고가 많이 되었어요."

내내 하품만 하고 있던 B코도 인사치레를 했다.

"그렇게 말씀해 주시니 고맙습니다. 또 자리를 함께할 기회가 있었으면 좋겠군요."

혼마가 자기 방 앞에서 걸음을 멈추고 살짝 고개를 숙였다. A코와 B코도 나란히 고개를 숙였다.

"그럼 이만."

"안녕히 주무세요."

그리고 그녀들은 자기들 방으로 향했다. 등 뒤에서 방문 여는 소리가 들렸다.

A코와 B코의 방은 트윈 룸으로 혼마의 방에서 네 번째 방이다. B코가 열쇠로 방문을 여는 데 시간이 좀 걸렸다.

그때 느닷없이 외치는 소리가 들려왔다. A코는 그 소리가 뭐라고 하는지 알아들을 수는 없었지만 혼마 목소리라는 사실만은 알 수 있었다. 그의 방문이 반쯤 열려 있었다. A코와 B코는 망설일 겨를도 없이 그쪽으로 허둥지둥 달려갔다.

2

"그러니까,"

가고시마 현경의 모치즈키 형사가 두 사람의 얼굴을 번갈아 보며 말했다. 나이는 삼십 대 중반쯤. 칠 대 삼 가르마에 금테 안경을 낀 은행원 스타일의 남자다. 이 더운 날씨에 양복을 빈틈없이 차려입었다.

"두 분이 두 번째 발견자라는 말씀이죠?"

"네, 맞아요."

B코가 가슴을 쫙 펴며 대답했다.

"뭐든지 물어보세요."

"뭐, 별로 물어볼 건 없습니다만,"

모치즈키는 조그맣게 중얼거리듯이 대답하고 나서 두 사람에게 혼마와의 관계를 물었다. A코는 혼마를 알게 된 경위부터 함께 술을 마시게 된 일까지를 순서에 입각해서 설명했다.

그러자 그녀를 바라보는 형사의 눈빛이 달라졌다.

"호오, 승무원이세요? 그렇군요, 어쩐지……."

"저도 승무원이에요. 숨겨서 뭐 하겠어요."

B코가 말하자 모치즈키는 그녀를 잠시 바라보다가 "아, 그렇군요," 하고 애써 납득하는 표정을 지었다.

혼마가 지르는 소리에 그의 방으로 뛰어 들어갔을 때 맨 먼저 A코 눈에 들어온 것은 침대 위에 길게 늘어져 있는 여자 몸과 그 몸을 정신없이 흔들고 있는 혼마의 모습이었다. 그가 여자를 흔들 때마다 하이힐을 신은 그녀의 발도 따라서 흔들거렸다. 무슨 일인가 싶어 다가간 A코는 이내 사태를 파악했다. 여자의 얼굴에서 생명력이 전혀 느껴지지 않았다. 프런트에 전화해야겠어요, 하며 그녀가 수화기로 손을 뻗었을 때 B코는 이미 기절해 있었다.

경찰은 그로부터 15분쯤 후에 왔다. 기절했다 깨어난 B코가 "와우, 형사 드라마 같아."라고 표현했듯이 수사관과 감식반원이 삼엄한 경계 속에서 검시를 시작했다. 금테 안경을 낀 모치즈키 형사도 그들 중 한 명이었다. 그가 맡은 일은 젊은 형사 한 명과 조를 이루어 관계자들의 얘기를 듣는 것인 듯했다. 그리고 그녀들도 참고인 조사를 받게 된 것이다. 조사 장소로는 사건 현장이었던 혼마의 방 바로 옆방이 제

공되었다.

"그러니까, 새벽 1시 조금 넘어서 혼마 씨 방 앞에서 헤어졌는데, 그 직후에 비명을 듣고 달려가서 사건을 알게 되었다, 그런 얘기군요."

"네."

"그래서 프런트에 연락을 취하고 나서 혼마 씨와 함께 복도에서 지배인을 기다렸고, 지배인이 오자 상황을 설명하면서 경찰에 신고해 달라고 부탁했다, 맞습니까?"

"맞아요."

A코가 거침없이 대답한다. 그녀가 사건 현장을 목격한 후 곧바로 방에서 나온 이유는 가급적이면 현장을 건드리지 않는 편이 좋겠다고 판단해서였다.

"틀림없나요?"

모치즈키가 B코에게도 다짐하듯 물었지만 그녀는 시치미를 뗀 표정으로 "저는 그때 제 방에서 대기하고 있었거든요."라고 거짓말을 했다. 말이 '대기'지 실은 기절해 있었다는 것이 옳은 표현이다.

"그 소동 전후로 일행 분들 말고 혹시 다른 사람은 보지 못했습니까? 가령 복도에서 누군가와 스쳐 지나갔다든지요."

모치즈키가 딱히 누구에게랄 것 없이 물었다. 두 사람이 동시에 고개를 저었다. 9월의 평일은 투숙객이 많지 않은 데다 한밤중에 생긴 사건이다. 형사도 "그래요? 하긴 그럴 만도 하죠."라며 고개를 끄덕였다.

"저."

A코가 조심스럽게 말을 꺼냈다.

"혼마 씨 부인은 역시 살해되신 걸까요?"

질문하던 그녀는 자신의 말투가 좀 이상하다고 생각했지만, 형사는 그 부자연스러움을 깨닫지 못했는지 "아마도요."라고 대답했다.

"사인이 뭐죠? 역시 칼 같은 것에 찔린 건가요?"

이번에는 B코가 물었다.

"칼이라고요?"

형사가 어리둥절한 표정을 지었다.

"아니요. 피 같은 건 흘리지도 않았잖아요."

"아, 그랬나……."

"사인은 질식입니다. 목이 졸렸어요."

헉, 하고 B코가 소리를 질렀다. 그리고 그녀는 혀를 쭉 내밀었다.

두 사람이 조사를 받고 방에서 나와 보니 복도가 남자들로 북적거리고 있었다. 그 사이를 헤치고 자신들의 방 앞에 이르

자 하마나카와 사토가 졸음이 그득한 얼굴로 그녀들을 기다
리고 있었다.

"큰일이 벌어졌다면서."

사토가 걱정스러운 듯이 두 사람을 바라보았다.

"B코 씨는 기절했었다며?"

"기절한 게 아니라 방에서 대기하고 있었단 말이에요."

B코가 뾰로통하게 대답한다.

A코는 하마나카와 사토에게 사건의 경위를 대충 설명했다.

"그럼 내일 비행에는 지장이 없겠지?"

하마나카는 어디까지나 책임자로서 해야 할 말을 했다.

"아마 괜찮을 거예요."

"두 사람은 제삼자니까 골치 아픈 일이야 생기지 않겠지만,
혹시라도 또 무슨 일이 생기면 연락하도록."

알겠습니다, 하고 A코와 B코가 머리를 숙였다.

남자들과 헤어져 방으로 들어서는데 B코가 "와아, 엄청나
다! 나, 그런 거 처음 봤어. 지금도 가슴이 두근거리네." 하고
호들갑을 떨었다.

"그래. 무섭더라."

A코가 침대에 털썩 걸터앉으며 대꾸했다. 그녀도 시신을 보
는 건 처음이었다. 그것도 살해당한 시신이다. 지금까지는 내
내 긴장하고 있어서 공포를 느낄 여유조차 없었다.

"살인 사건 따위는 드라마에나 있는 줄 알았더니만, 진짜 있기는 있구나. 좋았어! 사람들한테 얘기해 줘야지."

B코는 마치 좋은 일이라도 생긴 것처럼 재잘거렸다. 조금 전까지 기절해 있던 여자로는 전혀 보이지 않는다. 하기야 이런 낙천적인 성격이 전수를 언어 캐쉬되었다는 소문이 있을 정도다.

"그런데 말이야."

그녀와 대조적으로 A코는 미간을 찡그리며 골똘히 생각하는 표정을 지었다.

"대체 누가 부인을 살해했을까?"

"형사 말로는 핸드백이 없어졌다고 하던데?"

B코는 남의 말을 몰래 엿듣는 데 귀신이다.

"그러니 강도 아니겠어?"

"그런데 왜 하필이면 부인을 노렸을까? 다른 방도 많은데 말이야."

"그야 우연이겠지. 그 부인이 운이 나빴던 거야."

B코가 너무나 쉽게 대답한다.

"하지만 말이야."

A코는 고개를 갸우뚱했다.

"그 방은 트윈 룸이잖아. 강도가 방에 두 사람이 있을지 모른다는 생각을 안 했을까?"

"어디선가 줄곧 지켜보고 있었겠지. 그러다가 남편이 나가는 걸 보고 들이닥친 게 분명해."

"들이닥치긴 어떻게 들이닥쳐? 문이 잠겨 있었는데."

이 호텔 방문은 닫기만 하면 저절로 잠기는 오토 록이다.

"그야……, 어떻게든 했겠지, 뭐."

"어떻게든, 이라니?"

"그러니까…… 여러 가지가 있지. 그 정도는 무슨 수를 써서든 할 수 있을 거야."

"그런가……."

석연치는 않았지만 더 알가알부해 봐야 소용이 없을 것 같아 A코는 그쯤에서 목욕이나 하기로 했다. 그런데 구두를 벗고 슬리퍼로 갈아 신을 때 '왜 혼마 부인은 하이힐을 신고 있었을까' 하는 의문이 그녀의 머리를 스쳤다. 방에 들어가면 구두를 벗고 편히 쉬고 싶은 것이 인지상정 아닌가. 게다가 부인은 컨디션도 좋지 않다고 했다.

"아아, 내일이 기대된다. 사람들한테 얘기해 줘야겠어. A코 너, 내가 기절했다는 얘기는 아무한테도 하면 안 된다, 알았지?"

B코는 펌프스를 벗어 던지고 침대에 벌렁 드러누웠다.

3

다음 날 오전 9시쯤, 머리맡에 있는 전화의 벨이 울렸다. A코가 받아 보니 상대의 말투가 호텔 프런트맨이라기에는 알아듣기가 상당히 힘들었다. 어디선가 들어 본 적 있는 목소리다 했더니 모치즈키 형사였다. 프런트에서 걸었으며, 용건은 다시 한 번 얘기를 들어 보고 싶다는 것이었다.

B코와 함께 약속 장소인 1층 로비로 내려가니 모치즈키 형사가 어제처럼 젊은 형사와 함께 그녀들을 기다리고 있었다. 밤에 한숨도 못 잤는지 눈이 벌겠다.

"피곤하실 텐데 죄송합니다."

모치즈키가 고개를 숙이며 인사하는데 마치 자기 자신에게 하는 말처럼 들렸다.

"마지막으로 부인을 본 사람이 누군지 확인하고 있습니다."

형사가 수첩을 펼치더니 샤프펜슬로 머리를 긁으면서 말을 꺼냈다.

"제가 조사한 바로는 밤 9시경에 호텔 바의 웨이터가 혼마 씨의 부탁으로 객실까지 샌드위치를 가져다주었다고 하던데, 알고 계십니까?"

A코와 B코는 말없이 고개를 끄덕였다.

"그때 후지 씨가 복도를 지나갔다고 하던데. 사실인가요?"

"네, 사실이에요. 그럼 제가 맨 마지막으로 부인을 목격했나요?"

B코가 눈을 빛내며 들뜬 목소리로 물었다. 자신이 중요한 증인이라는 것을 알고 신이 난 듯했다.

"정확히 말하자면 후지 씨와 예의 웨이터라고 해야겠죠. 그래서 말인데요, 웨이터의 기억이 정확한지 확인하고 싶습니다."

"말씀만 하세요. 기억력 하나는 자신이 있거든요."

B코가 자신의 가슴을 탁 치며 말했다.

"허어……."

형사가 잠시 복잡한 표정을 짓더니 질문을 시작했다.

"우선 후지 씨가 지나갈 때 부인은 뭘 하고 있던가요?"

"뭘 하고…… 그러니까, 샌드위치를 받았어요."

"객실 입구에서요?"

"네. 문이 약간 열려 있었고, 그 틈새로 받았던 것 같아요."

"복장은 어땠습니까?"

"음, 그게…… 하얀 원피스였을 거예요."

"말은 안 했나요?"

"글쎄요, 저는 못 들었어요."

흠, 하고 형사가 한 박자 쉬고 나서 고개를 끄덕였다. 웨이터의 증언과 일치해서일까.

"그때 복도에 다른 사람은 없었습니까?"

"없었어요."

"그렇군요."

모치즈키는 두세 번 고개를 끄덕이고 나서 수첩을 덮어 양복 안주머니에 집어넣었다.

"알겠습니다. 협조해 주셔서 감사합니다."

"벌써 끝난 거예요?"

B코가 불만스러운 얼굴을 했다.

"그 후에 뭔가 새롭게 밝혀진 사실이 있나요?"

A코가 물었다. 모치즈키는 고개를 살래살래 흔들었다.

"아직 없습니다. 확실한 건 혼마 부인이 살해되었다는 사실뿐입니다."

"범행 시각 같은 거라도……."

그러자 모치즈키는 어깨를 으쓱하더니 "지금으로서는 마지막으로 목격된 9시 이후라는 것밖에 모릅니다."라고 말했다.

혼마 부인의 조카라는 남자가 그녀들에게 말을 걸어왔을 때 A코와 B코는 호텔 레스토랑에서 늦은 아침을 먹고 있었다. 아메리칸 세트라는, 양이 꽤 되는 메뉴를 깨끗이 먹어 치우고 '자, 이제 커피를 마셔 볼까' 하던 참에 그가 나타났다. 나이는 이십 대 중반쯤. 남자치고는 키가 크지 않았다. 피부는 하얀 편이고, 반소매 셔츠 밑으로 드러난 팔이 가냘팠다.

"두 분께 여러모로 폐를 끼쳤다고 들었습니다."

남자가 상당히 톤이 높은 소리로 말했다. 이름은 다나베 슈이치. 혼마 부인의 혈연으로는 그가 유일하다고 했다.

"오늘 고모를 만나기로 했는데 이런 일이 생기다니……, 정말 놀랐습니다."

슈이치가 신경질적으로 미간을 찌푸렸다.

"혼마 씨는 만나 보셨어요?"

A코의 불음에 그는 맥없이 고개를 끄덕였다.

"조금 전에 만났습니다. 고모부도 여행이 이렇게 될 줄은 꿈에도 몰랐겠죠. 게다가 슬퍼할 겨를도 없이 경찰에 불려 갔으니 죽을 맛일 겁니다."

"경찰에요?"

A코가 되물었다.

"다나베 씨도 경찰에 다녀오셨어요?"

"네, 오늘 아침 일찍 연락을 받았어요. 고모부도 거기서 만났습니다."

"다나베 씨한테는 뭘 묻던가요?"

B코가 호기심을 드러내며 앞으로 바짝 다가앉았다.

"여러 가지요. 알리바이도 묻더군요."

슈이치가 대답했다.

"알리바이를요?"

그녀가 소리를 꽥 지르자 레스토랑 안에 있던 손님들의 눈길이 일시에 그녀에게 쏠렸다. B코는 손바닥으로 입을 막았다.

"왜 다나베 씨한테 알리바이를……?"

A코가 조심스럽게 물었다. 이런 일은 아무래도 적극적으로 묻기가 꺼려진다. 그런데 슈이치는 기분이 상한 기색도 없이 차분하게 설명했다.

"자세히는 모르겠지만, 이 호텔은 방문이 오토 록이라서 고모네 방도 백 퍼센트 잠겨 있었을 거랍니다. 따라서 범인이 방에 들어가려면 안에 있던 고모가 문을 열어 줘야 한다는 거죠. 다시 말해서 얼굴을 아는 사람의 범행일 가능성이 높다는 얘깁니다."

"그래서, 다나베 씨는 알리바이가 있나요?"

B코가 물었다. 이럴 때 그녀의 무신경은 오히려 고맙기까지 하다.

"9시에서 새벽 1시까지의 알리바이를 대라던데, 공교롭게도 9시 반 이후의 알리바이밖에 증명할 수 없었습니다. 왜냐하면 어젯밤에는 친구 집에 갔었는데 거기 도착한 시간이 9시 반쯤이거든요."

"하지만 조카를 의심하는 건 좀 심하네요."

A코는 자신이 형사라면 이 남자를 의심하지는 않았을 거라고 생각했다. 도무지 힘이 하나도 없어 보이는 게, 남의 목을 조르

려다가 오히려 자기 목을 졸릴 것 같은 인상이었기 때문이다.

"게다가 동기가 있어야 하잖아요."

A코의 말에 슈이치는 살짝 씁쓸한 미소를 머금었다.

"저도 그렇게 생각했습니다만, 보기에 따라서는 동기가 있을 법 하더군요."

"왜요, 거액의 생명 보험이라도 들어 놓았나요?"

B코가 그야말로 드라마에서나 나올 법한 대사를 읊었다. 슈이치는 쓴웃음을 지으면서 고개를 저었다.

"고모가 죽는다고 제게 돈이 들어오는 일은 없습니다. 그 반대라면 모를까요."

"반대라니요, 돈이 나가게 되나요?"

"아니요, 그런 말이 아니라……, 하긴 반대라고 하기도 좀 이상하군요. 그러니까 고모가 죽으면 제게 돈이 들어오는 게 아니라 고모가 살아 있으면 제게서 돈이 나갑니다."

"……?"

B코가 침묵한다는 것은 머릿속이 혼란스럽다는 뜻이다. 그녀 대신 A코가 물었다.

"부인이 다나베 씨의 돈을 쓰고 있었다는 말인가요?"

그렇습니다, 하고 슈이치가 고개를 끄덕했다.

"실은 저희 아버지, 그러니까 고모의 오빠가 제게 거액의 유산을 남기고 세상을 떠나셨습니다. 그런데 유서에는 제가 어른이 되어 제 몫을 할 때까지 고모가 그 유산을 관리하도록 명시되어 있습니다. 그래서 지금까지 유산을 줄곧 고모가 관리해 왔는데, 최근에 그 유산이 많이 줄었다는 사실을 알았어요. 아무래도 고모가 그 돈을 주식에 투자했던 것 같습니다."

"멋대로요?"

"멋대로라기보다는, 제가 조카였으니까요. 고모에게 죄책감은 없었을 겁니다. 하지만 제가 그만두라고 부탁하는데도 '너를 위해서 하는 일이다', '원금은 까먹지 않고 돌려주겠다', 그러면서 제 말을 전혀 듣지 않더니 유산이 확실히 줄어든 상태였어요. 그러니 경찰이 볼 때는 동기가 있다고 할 수 있겠죠."

그는 마치 남의 얘기를 하듯이 냉철한 어조로 설명했다.

"실례지만 어젯밤 다나베 씨가 갔었다는 친구 분 집이 여기서 얼마나 걸리는 곳인가요?"

A코의 질문에 그가 잠시 생각하다가 "차로 빨리 달리면 20분쯤?" 하고 대답했다.

"아이, 그럼 별문제 없겠네."

B코가 대뜸 말했다.

"제가 마지막으로 부인을 본 시각이 9시 조금 넘어서였거든요. 살인을 저지르고 나서 9시 반까지 도착하기는 거의 불가능하잖아요."

"그런가요?"

슈이치가 여전히 걱정스러운 얼굴이자 B코는 "제가 증인이에요. 저만 믿어요."라며 자신의 가슴을 툭툭 두드렸다.

4

"앗싸!"

B코가 짝, 손뼉을 쳤다. 경찰에 협조해야 하므로 오늘 비행은 다른 승무원이 대신하게 되었던 것이다. 가고시마 현경의 요청이었다.

그런 데다 모치즈키와 만나기로 약속한 시간이 밤이라서 그때까지 느긋하게 근처를 구경할 여유가 있었다. B코가 아니라 그 누구라도 '앗싸!' 하는 기분이 들 만했다. 다만 대개는 이런 경우 신나게 놀러 다니지는 않을 테지만 A코와 B코는 번화가로 나가서 기념품 가게를 구경하는가 하면 가이드북에서 찾은 '향토 음식 하면 ○○○옥! 1천3백 엔으로 마음껏 즐기세요'라는 가게까지 찾아가는 등, 일단은 관광객 기분을 만끽했다. 물론 실상은 욕심스럽게 돌아다니는 B코를 A코가 필사적으로 따라다니는 모양새였지만.

그렇게 시간을 유용하게 보낸 후 그녀들은 형사를 만났다.

"이거 죄송합니다. 몇 번씩이나 뵙자고 해서요."

모치즈키가 고개를 꾸벅거리는데 B코는 뭐가 좋은지 싱글
벙글이다. 일을 안 하게 된 데다 참견쟁이 근성을 발휘할 수
있는 절호의 기회이니 그럴 만도 했다.

"음, 늦은 시간까지 기다리시게 한 이유는 다름이 아니
라……."

형사가 거드름을 피우며 말을 꺼냈다. 오전과 마찬가지로
호텔 로비에서 참고인 조사가 시작되었다. 어쩌면 레스토랑
에서 할지도 몰라, 하고 B코는 기대에 부풀었지만 현실은 그
만큼 달콤하지 않았다.

"해부 결과가 나온 후에 얘기를 나누고 싶었습니다."

"그건 왜죠?"

A코가 너무 가볍게 들리지 않도록 조심하며 물었다.

"아, 그건 나중에 말씀드리죠."

모치즈키가 신중한 손놀림으로 수첩을 꺼내 펼쳤다.

"어젯밤 두 분은 8시경부터 새벽 1시가 조금 넘어서까지 호
텔 바에서 술을 마셨다고 하셨죠?"

"네."

두 사람이 입을 모아 대답했다.

"혼마 씨는 9시 조금 전에 나타나서 자리가 끝날 때까지 동
석했고요?"

"맞아요."

A코가 대답하는데 B코는 "알면서 왜 또 물으세요?"라고 반문했다.

모치즈키는 헛기침을 한 번 했다.

"그래서 말인데요, 혼마 씨는 처음부터 끝까지 한 번도 자리를 비우지 않았습니까, 아니면 자리를 뜬 적이 있나요?"

"글쎄요……."

A코가 잠깐 생각에 잠겼다.

"기억이 잘 안 나는데요."

"저는 기억해요."

콧구멍을 벌름거리며 B코가 나섰다. 그녀는 자신만만할 때 그런 얼굴이 된다.

"혼마 씨는 한 번도 자리를 뜨지 않았어요. 제가 화장실에 자주 갔기 때문에 혼마 씨가 한 번도 가지 않는 걸 이상하게 여겼거든요."

무엇이 기억을 뒷받침할지 아무도 알 수 없다는 말을 증명이라도 하듯 그녀가 말했다. 그러나 모치즈키는 납득을 못하는 눈치였다.

"정말입니까? 가령 9시 반이나 10시경에 아주 잠깐이라도 자리를 비운 적이 없나요?"

그가 재차 물었지만 B코는 "없어요. 제가 확실히 기억해요."라고 자신 있게 대답했다.

"그래요……?"

모치즈키의 어깨에서 힘이 빠지는 것을 느낀 A코가 그의 얼굴을 올려다보며 물었다.

"저…… 혹시, 혼마 씨를 의심하고 계신가요?"

모치즈키는 그녀의 눈을 바라보며 "네." 하고 대답했다.

"분명하게 말씀드리자면, 그를 의심하고 있습니다."

"9시 반이나 10시경이라는 시각은……."

"사망 추정 시각입니다. 해부 결과, 위 속에 소화되지 않은 샌드위치가 남아 있었습니다. 그걸 조사해 봤더니 먹은 지 약 30분이 경과했더군요."

"그럼 아니에요."

B코가 딱 잘라 말했다.

"혼마 씨에게는 알리바이가 있잖아요."

"그래서 말인데요."

형사가 매달리는 듯한 눈빛으로 그녀들을 바라보았다.

"다시 한 번 잘 생각해 보세요. 정말 한 번도 자리를 뜨지 않았습니까?"

"동기가 뭐라고 생각하세요?"

A코가 형사의 질문을 무시하고 되물었다.

"다나베 슈이치 씨를 의심하는 이유를 듣긴 했는데요……."

"들으신 대롭니다. 부인은 다나베 씨의 유산만 주식에 투자한 것이 아니라 그녀가 아버지에게 물려받은 재산도 전부 주식에 쏟아부었습니다. 후자야 자기 돈을 쓴 것이니 할 말이 없지만, 혼마 씨로서는 부인이 자신의 돈까지 다 써서 없애기 전에 어떻게든 손을 쓰고 싶었을 겁니다."

"하지만 알리바이가 있잖아요."

B코는 집요했다.

"아아, 그리고,"

A코도 떠오르는 생각이 있었다.

"사망 추정 시각이 9시 반에서 10시 사이라면 다나베 씨도 알리바이가 성립하네요."

"그렇습니다."

모치즈키가 한숨을 쉬었다.

"그쪽도 완벽하죠."

"그럼 답이 없네."

B코가 얄밉게 중얼거렸지만 형사는 그녀를 힐끔 노려보고 말았다.

"수사 방법이 틀렸어."

네글리제 차림으로 침대에 책상다리를 하고 앉아 헤어드라이어로 윙윙 머리를 말리던 B코가 내뱉었다. 그리고 틈틈이 포테이토칩 봉지로 손을 뻗는 그녀를 보며, 살이 좀 빠졌으면 좋겠다고 말했던 사람이 누구더라, 하고 A코는 중얼거렸다.

"애당초 얼굴을 아는 사람의 범행이라고 단정 짓는 게 이상하지 않니? 핸드백이 없어졌다는데 말이야."

"그건 범인이 위장한 것일 수도 있어."

"그럴지도 모른다, 그게 전부잖아."

B코는 약간 흥분해 있었다. A코가 보기에는 그 이유가 불 보듯 뻔했다. 희끗희끗한 머리가 매력적인 혼마 씨나 꽃미남 다나베 씨나 둘 다 그녀 취향이기 때문일 것이다.

"하지만 아는 사람이 아니면 방에 들어갈 방법이 없는걸."

"그러니까 그건……, 어떻게든 했다니까."

어젯밤과 똑같은 대화가 오갔다. B코는 자신이 불리해지면 '어떻게든 했다'라든가 '방법은 여러 가지가 있다'라든가 애매한 표현을 쓴다.

"어쨌든 수사는 원점으로 돌아갔네."

포테이토칩을 와삭 깨물며 B코가 말했다. 포테이토칩 부스러기가 침대에 떨어졌다.

"아이참, 칠칠치 못하게!"

A코가 얼굴을 찡그리자 B코는 "뭘 이런 걸 가지고 그래."라며 손바닥으로 침대를 털어냈다. 그 바람에 자잘한 포테이토칩 파편이 방바닥 여기저기에 흩어졌다.

그 순간 A코의 머릿속에 뭔가 걸리는 것이 있었다.

그것은 어금니 사이에 생선 가시가 박혔을 때의 감각과 비슷했다. 혀끝에 닿아 금방이라도 빠질 듯하지만 빠지지 않는 느낌. 끈질긴 가시는 이쑤시개로 쑤셔도 빠지지 않고 불쾌감만 커진다.

"왜 그래 A코, 배라도 아픈 거야?"

고민이라고는 해 본 적이 거의 없는 B코는 사람이 생각에 빠지면 얼굴을 찡그릴 때가 있다는 걸 모른다.

"부탁인데, 좀 조용히 해 봐."

A코는 베개를 부둥켜안고 필사적으로 머릿속을 정리했다. 포테이토칩 부스러기, 파편, 빵 부스러기……

그녀가 따분한 표정으로 앉아 있는 B코에게 물었다.

"있잖아, 네가 마지막으로 봤을 때 그 부인이 안경을 끼고 있던?"

"안경?"

B코는 천장을 향해 눈을 치켜뜨고 잠시 생각하다가 "아, 맞아. 안경을 끼고 있었어. 커다란 안경." 하고 대답했다.

A코가 전화기로 달려갔다.

머릿속에 걸려 있던 무언가가 스르륵, 풀리는 느낌이었다.

다음 날 아침, 예의 호텔 레스토랑.

혼마가 옅은 회색 양복을 입은 채 아침을 먹고 있었다. 그가 A코와 B코를 알아보고 손을 살짝 들었다. 둘은 그의 맞은편 자리에 앉았다.

"이번 일로 폐를 끼쳐서 죄송합니다."

그가 굳이 의자에서 일어나 고개를 숙였다.

"무슨 말씀을요. 혼마 씨야말로 정말 큰일을 당하셨어요."

A코의 말에 그는 "아, 예." 하면서 피곤에 절어 있는 얼굴에 미소를 떠올렸다.

"슬퍼할 틈도 없어요. 오늘도 이제부터 집에 돌아가서 해야 할 일이 잔뜩 쌓였어요."

"그럼 저희 비행기에 타시겠네요. 저희도 오늘부터 비행해야 하거든요."

B코의 말에 혼마가 기쁘다는 표정을 지었다.

"그거 잘됐네요. 혼자 가려니 마음이 무거웠는데 말입니다."

"서비스 제대로 해 드릴게요."

B코가 묘한 말을 했다.

"그런데 하나 여쭤봐도 될까요?"

A코가 그의 눈치를 살피며 말했다.

"부인께서 눈이 안 좋으신가요? 가령 근시라든지……."

"아니요."

혼마가 고개를 저었다.

"눈이 좋은 편이었어요. 아직 노안이 올 나이도 아니었고요. 그런데 그건 왜 물으십니까?"

"아, 별일 아니에요."

A코도 고개를 저었다.

"그냥 좀 궁금해서요. 부인이 안경을 쓴 채로 쓰러져 계셨잖아요. 방 안에서 선글라스를 끼고 계셨을 것 같지는 않은데 말이죠."

그 순간 A코가 보기에는 혼마의 눈이 날카롭게 빛난 것 같았다. 어쩌면 기분 탓인지도 모른다. 아무튼 그는 이내 평온한 표정으로 돌아왔다.

"말씀을 듣고 보니 그렇긴 하군요. 하지만 아내는 멋으로 쓰는 안경을 좋아했어요. 집에서도 내내 쓰고 있었습니다."

"그래요? 하긴 그런 사람도 있을지 모르겠네요."

A코가 고개를 끄덕였다.

이윽고 그녀들이 일어서야 할 시간이 되었다.

"그럼 저희는 먼저 실례하겠습니다."

A코가 혼마에게 인사했다.

혼마도 "비행기 안에서 다시 뵙죠."라고 웃는 얼굴로 대답했다.

　가고시마 공항에 도착해 보니 모치즈키가 미리 와서 그녀들을 기다리고 있었다. 처음 만났을 때에 비해 머리가 부스스한 데다 피곤한 기색도 역력했다. 그런데도 안색은 나쁘지 않았다

　"어젯밤 말씀하신 일로 공항 주변 가게를 샅샅이 뒤졌지만 찾을 수 없었습니다. 그래서 방금 도쿄 쪽을 조사해 달라고 부탁한 참입니다."

　"출발 전까지 찾아낼 수 있겠어요? 도쿄가 얼마나 넓은데……."

　B코가 의심스럽다는 듯이 물었다.

　"찾아내도록 해야죠."

　모치즈키는 힘주어 고개를 끄덕였다.

　승무원들은 출발 한 시간 전까지 준비를 마쳐야 한다. 그리고 출발 50분 전에는 브리핑실에서 조종사 등과 그날의 비행에 관해 협의한다. 그러고 나서 기내에 탑승하는데, 대개 30분 전까지는 탑승해서 객실을 점검하도록 되어 있다.

　"출발 전까지 찾아낼 수 있을까?"

　독서등을 체크하면서 B코가 걱정스럽게 말했다. 모치즈키의 실력을 믿지 못하겠다는 투다.

"찾아내도록 하겠다고 했잖아."

"흥."

B코가 콧방귀를 뀌었다.

"말로야 뭔들 못하겠어."

문제는, 하고 A코는 객실 창문에서 대합실 쪽을 바라보면서 생각했다. 문제는 출발 전까지 그가 도착하느냐 못하느냐가 아니라 그런 '가게'를 찾아낼 수 있느냐 없느냐다. 사람의 기억이란 공허해서 믿을 것이 못 된다. 시간이 지나면 지날수록 진실은 어둠 속에 묻힐 가능성이 높아진다. 경찰이 오늘 그 가게를 찾아내지 못하면 영원히 찾을 수 없을지도 모른다.

"15분 전이야."

B코가 말했다. 승객이 탑승할 시각이다. A코는 트랩 위에 서서 다소 긴장한 자세로 탑승객을 기다렸다.

여름 방학이 끝난 직후에는 늘 그렇듯이 손님이 적었다. 대부분이 양복을 차려입은 비즈니스맨이다. 그들은 비행기에도 승무원에게도 익숙하다. 여름 관광객 중에는 같이 사진을 찍자고 하는 노인도 종종 있지만 업무차 도쿄와 가고시마를 오가는 비즈니스맨들은 기내에서 서류를 얼마나 많이 훑어볼 수 있느냐가 최대 관심사다. 승무원의 모습 따위는 안중에도 없는 듯하다.

하나같이 피곤해 보이는 남자 손님을 대부분 맞아들였을 때였다. 대합실 쪽에서 천천히 탑승구로 걸어오는 남자 하나가 A코의 시야에 들어왔다. 남자 쪽에서도 그녀를 봤는지 살짝 손을 드는 것 같았다. 그 남자가 혼마라는 걸 알았을 때 A코는 크게 실망했다.

'역시 찾지 못한 거야. 아니면 혼마 씨가 애초에 범인이 아니었을까?'

어젯밤 B코가 흘린 포테이토칩 부스러기를 보고 그녀가 떠올린 것은 호텔 바에서 혼마를 만났을 때 그의 바지에 붙어 있던 부스러기 같은 것을 집어낸 일이었다. 그때는 아무 생각이 없었지만 곰곰이 돌이켜 보니 그건 틀림없이 빵 부스러기였다. 그가 빵 부스러기를 옷에 붙인 채 바에 나타났던 것이다.

그렇다면 그의 바지에 왜 빵 부스러기가 붙어 있었을까.

상식적으로 생각하면 그가 바에 오기 전에 빵을 먹었기 때문일 것이다. 그럼 그는 혼자 빵을 먹었을까? 그의 부인은 컨디션이 좋지 않아 빵을 안 먹었을까?

그때부터 A코의 머리가 바쁘게 돌아가기 시작했다.

혼마 부인의 위 속에는 미처 소화되지 않은 샌드위치가 남아 있었다고 했는데, 그것이 반드시 웨이터가 가져다준 것이라는 근거는 없지 않을까. 따로 준비해 둔 샌드위치를 미리 먹인 후에 살해했다고 생각할 수도 있는 것 아닐까.

가령 이런 것이다.

호텔에 도착하고 얼마 안 있어, 그러니까 8시가 갓 넘었을 무렵 혼마는 준비해 온 샌드위치를 부인과 함께 먹는다. 그리고 30분쯤 지난 후 부인을 살해한다. 그래서 부인은 하이힐을 벗고 편히 쉴 틈도 없이 살해당한다. 혼마는 범행 후 호텔 바로 내려와 알리바이를 만든 다음 샌드위치를 방으로 배달시킨다. 그걸로 자신의 결백을 증명하려는 것이다.

우리가 혼마의 알리바이를 조작하는 데 이용되었는지도 몰라, 하고 A코는 생각했다. 돌이켜 보면 비행기 안에서 복통을 일으켰던 사람이 한밤중까지 술을 마신다는 것도 부자연스럽다. 아마도 그 복통은 승무원들에게 자신을 각인시키기 위한 포석이었을 것이다. 그리고 그는 '와이키키'라는 이름의 그 촌스런 술집이 A코를 비롯한 신일본 항공 승무원들의 단골 바라는 사실도 알고 있었음에 틀림없다. 거기에 가면 알리바이를 증명해 줄 사람들이 기다리고 있다는 사실을.

혼마가 알 듯 말 듯 한 미소를 지으며 트랩에 올라섰다.

하지만 A코의 추리에도 문제는 있었다. '와이키키'로 부인의 전화가 걸려 왔다는 점, 그리고 웨이터가 가져간 샌드위치를 그녀가 직접 받았다는 점 말이다. 그러나 그건 대역을 쓰면 불가능한 일도 아니다. 게다가 부인이 커다란 안경을 끼고 있었으니 가발까지 썼다면 처음 보는 사람은 눈치채지 못했을 것이다.

한밤중이었지만 전화로 이와 같은 얘기를 들려주자 모치즈키의 목소리가 밝아졌다.

"그럼 내일이라도 체포하는 건가요?"

A코가 묻자 그는 알 수 없다고 대답했다.

"추리로는 성립하지만 증거가 없어요. 물증이 없는 한 그의 알리바이를 무너뜨리기가 쉽지 않습니다."

"그럼 범인을 빤히 보면서 놓치겠다는 건가요?"

"그렇지는 않습니다. 만일 하야세 씨의 추리가 맞는다면 혼마 씨 또는 혼마 씨 부인이 어디선가 샌드위치를 샀을 테니 그 가게를 찾아내기만 하면 됩니다."

"찾아낼 수 있을까요?"

"찾아내겠습니다."

모치즈키가 단언했다.

그 혼마가 트랩을 올라오고 있었다.

만일 혼마가 샌드위치를 산 가게를 찾아냈다면 모치즈키가 이 공항에서 그를 체포했을 것이다. 그러나 혼마는 A코 눈앞에 있었다. 찾아내지 못한 것이다.

그가 A코 앞에 와서 섰다.

"잘 부탁합니다."

나이에 비해 하얀 이를 드러내며 혼마가 말했다. 직업상 그녀도 반사적으로 미소를 지었다. 하지만 다음 순간 그 미소는 마치 태엽 인형이 망가지듯이 부자연스럽게 정지되고 말았다.

혼마를 올려다보던 A코의 눈 가장자리로 차 한 대가 들어오고 있었다. 하얀 오픈카로, 운전대를 잡고 있는 사람은 틀림없는 모치즈키였다. 그리고 그 뒷자리에 젊은 형사에게 붙들린 채 앉아 있는 사람은 다나베 슈이치였다.

A코는 순간적으로 사태를 파악했다. 가게를 찾아낸 것이다. 그리고 그 부인인 양 연기한 사람이 누구인지도 알아낸 것이다. 그렇구나. 어깨가 좁고 목소리 톤이 높은 그라면 가능했을 것이다. 공통의 동기가 있는 두 사람이 공모해서 부인을 살해했다. 그것이 가장 납득할 만한 해석이다.

A코가 다시 혼마를 향해 미소 지었다.

"손님!"

그가 살짝 고개를 기울였다. A코는 재빨리 심호흡을 한 후 그의 등 뒤를 손바닥으로 가리켰다.

"손님께서 탑승하실 비행기는 저쪽입니다."

분실물에 유의하세요

1

11월 20일 일요일. 18시 35분 오사카발, 19시 35분 도쿄 도착 예정인 A300편 객실 안.

"말도 안 돼."

B코, 즉 후지 마미코가 조명을 체크하며 중얼거렸다. 지금은 오후 6시가 조금 넘은 시각으로, 승무원들은 출발 전 준비를 하고 있다.

"왜 내가 이렇게 비참한 꼴을 당해야 하냐 이 말이야."

"어쩔 수 없잖아. 하다 보면 이런 일도 있지, 뭐."

A코가 대답했다.

"내 참, 베이비 투어라니. 대체 누가 그런 쓰레기 같은 아이디어를 냈는지 모르겠어."

안 그래도 동그란 B코의 뺨이 한껏 부풀었다.

"그야 물론 여행사겠지. 난 정말 기발한 아이디어라고 생각했는걸."

"지금 농담해? 이쪽 입장도 생각해 줘야 할 거 아니야."

둘이서 쑤군거리고 있는데 수석 승무원 기타지마 가오리가 등 뒤로 다가와서 "후지 씨." 하고 불렀다. B코는 딸꾹질 비슷한 소리를 내며 차렷 자세를 취했다.

"후지 씨에게는 좋은 경험이 될 거예요. 승무원으로서도 그렇지만 미래의 엄마로서도 말이에요. 아, 그래! 오늘 베이비 투어와 관련된 일은 모두 후지 씨에게 맡기는 게 좋겠네요."

"네? 그런 끔찍한 일을……."

"토 달지 말아요!"

가오리의 목소리와 침이 동시에 튀어나왔다.

"손님은 어디까지나 손님이에요. 알겠어요? 열심히 해 봐요. 그러면 승무원으로서 자각도 생기고 몸무게도 조금은 줄어들 테니까요."

"네, 뭐……."

등을 꼿꼿하게 펴고 걸어가는 기타지마 가오리의 뒤통수에 대고 B코는 혀를 쑥 내밀었다.

베이비 투어란 모 여행사가 고안한 패키지여행 상품으로, 갓난아기가 있는 젊은 부부를 대상으로 한 프로그램이다. 세상에는 아기 때문에 마음대로 여행을 하지 못하는 부부가 의외로 많다. 여행하면서 아기를 보살피는 일만으로도 힘이 드는데 함께 가는 사람들에게 폐를 끼치지 않도록 신경을 써야하고, 아기를 맡기고 가고 싶어도 친정이나 시댁과 떨어져 사는 부부는 그마저도 어렵기 때문이다. 그런 부부들만을 대상으로 하는 베이비 투어는 갓난아기가 있다는 전제하에 계획이 짜여 있다. 그래서 일정에 여유가 있고, 휴식 장소에는 반드시 아기를 돌볼 수 있는 시설이 있다. 무엇보다 좋은 점은 참가자 전원이 아기를 동반하므로 서로 눈치를 볼 필요가 전혀 없다는 것이다.

조금 있으면 베이비 투어 일행이 그녀들의 비행기에 탑승한다. B코가 투덜거리는 이유는 그것 때문이다.

"아무튼 사람 아기가 제일 밉상이라니까. 아기 판다를 봐, 인형보다 훨씬 귀엽잖아. 그러고 보니 사람 아기 인형은 파는 것도 본 적이 없어. 안 팔리겠지. 귀여운 구석이 있어야 사 갈 거 아니야."

B코가 짜증이 나서 얼토당토않은 소리를 지껄이는데 A코는 웃으며 그 말을 듣고 있었다.

6시 20분이 조금 지났을 무렵 드디어 손님들이 탑승하기 시작했다. A코를 비롯한 승무원들은 입구에 나란히 서서 그들을 맞았다.

이 항공편은 평일에는 비즈니스맨이 많이 타지만 휴일에는 태반이 여행객이다. 오늘도 이십 대 전반의 젊은이들이 눈에 많이 띈다.

그런데 A코는 그 여행객들의 안색에 공통점이 있다는 걸 발견했다. 한마디로 표현하자면 곤혹과 공포와 우울이 뒤섞인 표정이다.

"망했다, 완전."

학생인 듯한 남자가 승무원들 앞을 통과하며 중얼거린다. 동행인 남자도 맞장구를 쳤다.

"아아, 피곤해 죽겠는데 잠도 못 자겠네."

A코와 B코는 자신들도 모르게 서로의 얼굴을 마주 봤다.

탑승객이 절반 정도 통과했을까 싶은 참에 탑승교 저쪽에서 불에 덴 듯한 아기 울음소리가 들려왔다. 그것도 한둘이 아니다. 몇몇 울음소리가 겹치고 뒤섞이며 다가오고 있었다.

"온다!"

B코가 비장하게 외쳤다.

"악마의 외침이 들려오네."

이윽고 일반 탑승객 뒤로 빨간 세모 깃발이 보였다. 자세히 보니 깃발에 갓난아기 그림이 그려져 있다. 깃발을 들고 있는 사람은 머리가 길고 상당히 젊은 여자다. 아마도 가이드일 것이다. 그녀의 단정한 얼굴이 이 여행의 가혹함을 말해 주듯이 하얗게 질려 있고, 눈은 벌겋게 충혈되어 있었다.

그런 그녀를 그들이 뒤따르고 있었다.

A코가 갓난아기를 동반하고 타는 승객을 처음 보는 것은 아니다. 아니, A300 항공편에는 반드시라고 할 만큼 그런 손님

이 꼭 있었다. 그러나 지금 그녀가 맞닥뜨린 광경은 이제까지 본 적 없는 모습이었다.

엄마인 듯한 젊은 여성이 앞서서 걷고 아기를 안은 아빠가 그녀를 뒤쫓듯이 따라온다. 이것이 한 세트다. 그런 세트가 끝없이 밀려오고 있었다. 이 특수한 상황에 민감하게 반응한 탓인지 품에 안긴 아기 대부분이 몸을 비틀며 큰 소리로 울부짖고 있다. "어서 오십시오. 도쿄행 신일본 항공입니다."라고 인사하는 승무원들의 목소리는 그 소리에 묻혀 거의 들리지 않을 지경이었다.

"지옥이네…… 아기 지옥."

B코가 영혼 없는 목소리로 중얼거렸다.

아기를 동반한 부부는 모두 스물다섯 쌍이었다. 평소 같으면 주위에 폐가 될까 봐 몸을 움츠렸을 그들도 집단을 이루니 더없이 당당했다.

기타지마 가오리의 지시로 베이비 투어 탑승객을 전담하게 된 B코는 악전고투를 거듭했다. 물수건을 나누어 줄 때부터 엄마들이 기저귀 가는 장소를 묻기도 하고 아기를 잠깐 안고 있어 달라고 부탁하기도 했다. 그러다 보니 "물수건입니다." 해야 할 것을 "기저귀입니다." 하며 물수건을 나누어 주기도 했다. 그런 사실을 A코가 지적할 때까지 의식조차 못했을 정도다.

또 A300편에는 맨 뒤쪽 화장실에 기저귀를 갈 수 있는 교환대가 마련되어 있는데, 쉴 틈 없이 누군가가 사용하는 통에 B코는 끊임없이 이쪽저쪽으로 끌려 다녀야 했다.

우는 아기도 한둘이 아니었다. 한 명이 울음을 터뜨리면 비행기 안은 온통 울음바다가 되기 일쑤였다. 그럴 때마다 B코는 완전히 넋이 나간 표정으로 이리저리 돌아다녔다. 당사자는 자포자기한 상태인데 신기하게도 아기들에게는 무척 반응이 좋았다.

"에이, 제기랄."

젖병에 분유를 타던 B코가 내뱉듯이 말했다.

"대체 왜 내가 이런 꼴을 당해야 하는 거야!"

"곧 도쿄에 도착하니까 조금만 참아."

"빽빽, 꺅꺅, 울어 대는데 시끄러워서 견딜 수가 있어야지. 나는 결혼해도 아이는 절대 안 낳기로 결심했어."

"그래도 잘 어울리던걸."

A코가 놀리듯이 말하자 "턱없는 소리 하지도 마."라며 B코는 젖병을 냅다 흔들었다.

A코가 어느 엄마에게 들으니 이번 투어에서는 나라와 교토 쪽을 돌아보는데, 단시간에 여기저기를 구경하고 다니는 것이 아니라 버스를 타고 느긋하게 이동하면서 한 군데를 여유롭게 둘러보는 일정이라고 한다. 오랜만에 여행다운 여행을

하게 되었다며 그 젊은 엄마는 즐거워했다.

참가자 대부분이 부부에 아기가 하나 딸린 구성이었다. 엄마들끼리 참가한 경우도 간혹 있었다. 또래 아이가 있는 친한 친구들인 듯했다.

동동거리며 왔다 갔다 하는 사이에 마침내 착륙 준비가 시작되었다. 승객을 모두 좌석에 앉히고 좌석 벨트를 매도록 하자 기내가 조금 조용해졌다. 흥분해서 울던 아기들도 잠이 든 듯했다. A코와 B코도 승무원 좌석에 앉았다.

기내등이 꺼지고 착륙에 들어갔다. 기체가 쑥 내려가는 느낌, 그리고 잠시 후 가벼운 충격. 엔진 소리가 급속하게 줄어드는 것을 알 수 있었다.

A코는 손목시계를 보았다. 7시 37분 하네다 착륙. 거의 정시 도착이다.

이번에는 승무원들이 문 앞에 서서 승객을 배웅했다. A코 옆에 와서 선 B코는 녹초가 된 얼굴이다.

"이런 일은 두 번 다시 안 했으면 좋겠어."

"그래도 좋은 경험이었잖아."

"아유, 난 사양할래."

말은 그렇게 해도 B코는 아기 집단이 통과할 때마다 아기들에게 재미있는 표정을 지어 보였다.

"감사합니다. 조심해서 돌아가세요."

A코는 공손히 인사말을 하면서 승객들을 배웅했다. 아기를 안은 사람은 모두 스물다섯 명, 틀림없다.

승객이 모두 내린 후에는 두고 내린 물건이 없는지 점검한다. 일곱 명의 승무원이 구역을 나누어 선반 속과 좌석 위, 등받이 포켓 등을 살폈다.

"으아!"

B코가 느닷없이 괴성을 질렀다. A코가 그녀 쪽을 돌아보았다.

"왜 그래?"

"무슨 일이에요?"

기타지마 가오리도 다가왔다.

"분실물이에요."

B코가 대답했다.

"그럼 빨리 갖다줘야지. 뭔데?"

"그게……."

그녀가 우물우물하며 좌석을 향해 몸을 구부렸다.

"뭔데 그래? 빨리 말해 봐요."

재촉하던 가오리가 다음 순간 입을 크게 벌리더니 다물 줄을 몰랐다.

B코는 그 분실물을 들어 올린 뒤 휘둥그런 눈으로 A코와 가오리를 보았다.

"갓난아기예요."

A코가 할 말을 잃고 우두커니 서서 B코를 봤다. 다른 승무원들도 그 자리에 멈춰 선 채 멍하니 목욕 수건에 감싸인 뭉치를 바라보았다.

"갓난아기예요."

B코가 같은 말을 되풀이했다.

"살아 있어요."

그 말에 기타지마 가오리의 정신이 돌아온 듯했다.

"그야 당연히 살아 있겠지. 빨리 탑승객들한테 가 봐요. 아직 다들 수하물 찾는 곳에 있을 거예요."

"네."

B코가 아기를 안고 뛰었다. 그 등 뒤로 가오리의 목소리가 날아들었다.

"너무 서두르지 말고! 그러다 떨어뜨리기라도 하면 어쩌려고 그래요."

가오리는 A코에게 B코를 따라가라고 지시했다.

"베이비 투어 손님일 거야. 세상에, 어떻게 자기 아이를 두고 내릴 수가 있어."

A코는 살짝 미소를 지어 보인 뒤 B코를 뒤쫓아 갔다. 그러나 뛰면서 그녀는 이상하다는 생각을 했다. 스물다섯 조의 여행객 모두가 아기를 안고 나가는 것을 봤기 때문이다.

게이트를 나서니 베이비 투어 일행이 줄을 서 있었다. A코와 B코는 서둘러 그들에게 가서 사정을 설명했다. 승객들 사이에서 웃음이 일었다.

"아기를 두고 내릴 리가 있겠어?"

그런 소리도 들렸다. B코에게 분유를 타 달라고 부탁했던 엄마다.

"그래도 다시 한 번 확인해 보세요."

그러면서 A코도 일행을 죽 둘러봤다. 한편으로는 자신이 대체 뭘 확인하고 있는 건가 싶었다. 아기를 두고 내렸다면 맨 먼저 엄마가 알아챘을 텐데 말이다.

확인 결과 전원이 아기를 안고 있었다. 아기는 모두 스물다섯 명, 틀림없었다.

"다른 손님 아기가 아닐까요?"

가이드가 말했다. 타당한 생각이다. 하지만 A코를 비롯한 승무원들이 비행 전에 확인한 바로 유아 승객은 모두 스물다섯 명이었다.

좌석에 놓여 있던 터무니없는 분실물은 B코의 품에 안긴 채 기분 좋은 듯이 잠들어 있었다.

달짝지근한 분유 냄새가 아련하게 풍겼다.

2

"흠."

엔도 객실 과장은 팔짱을 끼고 자신의 책상 위를 바라보았다. 거기에는 조금 전에 발견된 갓난아기가 눕혀 있었다. 5, 6개월 정도 되어 보인다는 것이 모두의 의견이었다.

"이런 일은 처음이야."

"당연하죠."

가네다 히로코 주임이 대답했다.

"번번이 이러면 어쩌겠어요."

"그야 그렇지. 누가 발견했지?"

"저예요."

B코가 대답했다.

"또 자네야?"

과장이 얼굴을 찡그렸다.

"이상한 일에는 항상 자네가 얽혀 있단 말이야."

"아기한테 '이상한 일'이라니요."

B코가 아기를 안아 올리며 부루퉁한 표정으로 말했다.

"아기에게 무슨 죄가 있다고……."

"어떻게 할까요?"

가네다 주임이 과장에게 물었다. 하지만 몇 번을 물어도 엔도 과장은 신음만 할 뿐이었다.

"방송은 했지?"

"네, 했습니다."

엔도가 또 신음했다. 그러면서 B코 품에 안겨 있는 아기를 바라보았다. 그 모습을 옆에서 지켜보고 있던 A코는 엔도의 시선에 짜증이 서려 있다고 생각했다.

"혹시 말이야, 이런 거 아닐까? 오사카에서 도쿄로 온 승객의 아기가 아니라 그 전에 비행기를 탔던 손님이 두고 내린 거지."

"그런 일은 있을 수 없어요."

수석 승무원 기타지마 가오리가 말했다.

"승객을 태우기 전에 반드시 객실을 점검하잖아요. 이렇게 큰 분실물을 못 보고 지나쳤을 리 없어요."

"그럼 어떻게 아기가 한 명 늘었냔 말이야."

엔도가 입술을 비틀었다.

"그걸 알 수 없으니 난처해서 이러고 있잖아요."

황당하기 짝이 없는 사건에 과장도 가오리도 신경이 곤두선 듯했다. 정작 당사자인 아기는 천진하게 B코와 놀고 있다.

"자네를 잘도 따르는군."

엔도가 기가 차다는 듯이 말했다.

"설마 자네가 비행기 안에서 낳은 건 아니겠지?"

"어떻게 그런 몹쓸 농담을 하세요? 저한테 너무하시는 거 아녜요?"

"자네라면 혹시 몰라서 말이야."

"저……."

여태껏 잠자코 있던 A코가 입을 열자 일동의 시선이 그녀에게 쏠렸다. A코의 성적이 젊은 승무원들 가운데 발군이다 보니 동료들의 주목도가 높았다.

"혹시, 버려진 아이……가 아닐까요?"

"버려진 아이?"

엔도가 순간적으로 눈을 화들짝 떴지만 이내 원래의 표정으로 돌아갔다.

"그래, 그럴 수도 있겠군. 무슨 사정이 있다 해도, 시간이 이렇게 많이 지났는데 부모가 나타나지 않는 건 이상하단 말이야. 그렇다면 고의로 비행기 안에다 두고 내렸다고 볼 수밖에 없지."

"요컨대."

가네다 주임이 말을 이었다.

"부모가 가방 같은 데다 아기를 넣어서 비행기에 탄 다음 착륙 직전에 꺼내서 그대로 방치했다는 말인가요?"

"그런 얘기가 되겠지."

"그건 있을 수 없는 일이라고 생각합니다."

기타지마 가오리가 딱 잘라 말했다.

"오랫동안 그런 곳에 들어 있었다면 울지 않았을 리 없어요. 게다가 아무리 사정이 있기로서니 자기 아기를 가방에 넣어 운반하는 잔인한 사람이 있을까요?"

그녀의 의견에도 타당성이 있었다.

엔도가 "그 말도 일리가 있어." 하고 수긍했다.

"하지만 어쨌든 버려진 아이일 가능성이 큰 것 같아. 그렇다면 경찰에 신고를 해야 하는데……."

"신고하는 건 찬성이지만, 공항 경찰서의 차디찬 숙직실에 아기를 맡기는 건 반대예요. 감기라도 걸리면 큰일이잖아요."

B코가 말했다. 아기가 그녀 품에서 잠들려 하고 있었다.

엔도는 아랫입술을 쑥 내밀고 성가시다는 표정으로 그녀를 봤다.

"그럼 어디다 맡기자는 거야, 분실물 보관소에서 아기를 맡아 주겠어?"

"당연히 안 받아 주겠죠. 과장님은 대체 무슨 생각을 하고 계신 거예요?"

"그렇다고 미아도 아닌데……."

"물론 아니죠."

"그럼 어디에……."

엔도가 고개를 갸우뚱하는데 B코가 가슴을 확 젖히면서 콧구멍을 벌름거렸다.

A코와 B코가 사는 아파트는 공항에서 차로 약 30분 걸리는 곳에 있다. 새로 지은 8층짜리 건물로, 도심으로 나가기에 편리한 위치다. 방이 두 칸에 부엌이 딸려 있어 둘이 함께 사용하기에도 여유가 충분했다.

'실제로는 아기가 스물여섯 명이었어. 하지만 승객이 탑승할 때는 틀림없이 스물다섯 명이었단 말이야. 그렇다면 누군가 아기를 숨겨서 태웠다는 얘기인데. 도대체 무슨 방법을 썼을까.'

식사를 끝낸 후 A코는 식탁 의자에 앉아 메모지를 한 손에 들고 수수께끼에 도전했다. 욕실에서 아기의 자지러지는 울음소리가 들려왔다. 그 사이사이로 B코가 아기를 어르는 소리도 들렸다.

아이는 절대 안 낳는다더니……. A코는 혼자 피식 웃었다.

'그건 그렇고.'

그녀는 아기를 숨겨서 비행기에 타는 방법을 메모지에 죽 적어 보았다. 대충 다음과 같은 것들이었다.

1. 가방, 쇼핑백 등에 아기를 담아 들고 탑승한다.
2. 승무원이 아기를 보지 못하도록 여럿이 아기를 둘러싸고

탑승한다.

3. 아기에게 큰 옷을 입혀 유아 정도로 보이게 해서 탑승한다.

그러나 A코는 모두 현실성이 없는 방법이라고 판단했다. 첫 번째 방법은 기타지마 가오리 말대로 심리적으로 무리이기도 하고 도중에 아기가 울기라도 하면 끝이다. 두 번째가 제일 간단하기는 하지만 어른 여럿이서 감춘다고 해도 들키지 않을 가능성보다는 들킬 가능성이 훨씬 높다. 승무원들의 주의력으로 말하자면 보통 사람들의 그것과는 수준이 다르다. 세 번째 방법은 A코 자신도 재미있는 아이디어라고 생각은 하지만 역시 갓난아기를 유아로 보이게 하기가 어려운 데다 그런 아이는 승무원들 기억에 남기 마련이다.

'역시 첫 번째 방법을 썼을까. 약 같은 걸 먹여서 잠재운 후에 쇼핑백 같은 데 넣어서……. 요즘 젊은 부모라면 그런 짓도 태연하게 할 수 있지 않을까?'

부모가 되어 보기 전에는 알 수 없지, 하고 그녀답지 않게 마음이 약해져 있을 때 B코가 아기를 안고 욕실에서 나왔다.

"후, 요 쬐끄만 녀석이 얼마나 애를 먹이던지."

아기도 발그레했지만 B코의 두 뺨도 발갛게 상기되어 있었다. A코는 준비해 놓았던 목욕 수건을 건넸다.

"남자 아기였네."

아기의 알몸을 닦아 주는 B코를 바라보면서 A코가 말했다. 아기가 생각보다 컸다. 가방이나 쇼핑백에 넣어 옮겼다면 부피가 상당히 컸을 텐데, 그렇게 큰 짐을 들고 탄 손님은 한 명도 없었다.

"역시 말이 안 돼."

A는 혼잣말처럼 중얼거렸다.

그날 밤, A코는 무슨 소리가 들려 눈을 떴다. 자다가 한밤중에 깨는 일은 드물었다. 잘 때 푹 잘 수 있는 것도 승무원이 갖춰야 할 조건의 하나였다.

자명종의 바늘이 3시 조금 넘은 시각을 가리키고 있었다. 그녀 방과 거실 사이에는 장지문이 있는데, 그 문틈으로 빛이 새어들었다.

A코는 몸을 일으켜 장지문을 몇 센티미터 정도 열고 거실을 살폈다. 네글리제 위에 카디건을 걸친 B코의 뒷모습이 보였다.

그녀가 아기를 안고 조그맣게 노래를 흥얼거리며 거실을 왔다 갔다 하고 있었다. 무슨 노래인가 싶어 귀를 쫑긋 세워 보니 '미스터 론리'다.

테이블 위에는 빈 젖병과 종이 기저귀 상자가 놓여 있었다.

A코는 살며시 장지문을 닫고 다시 이불 속으로 파고들었다.

3

다음 날, 신일본 항공 객실 승무원실에서는 한바탕 소동이 벌어졌다.

우선 공항 경찰서에서 파견된 여성 경찰이 B코를 비롯한 관계자들을 조사했다. 경찰은 마흔 전후의 체격이 좋은 여자로 이름이 가나자와라고 했다. 그녀는 시원시원하고 또렷한 말투로 요령 있게 질문했다.

"아닌 게 아니라 버려진 아이일 가능성이 높겠군요."

그녀가 고개를 끄덕이며 말했다.

"아기를 어떻게 기내로 데려왔는지는 알 수 없지만, 그건 나중 문제고요. 승객 명단은 있나요?"

"네, 있습니다."

엔도가 대답했다.

"아이를 버렸다면 가명을 사용했을 우려도 있지만, 일단은 승객 전원을 만나 볼 생각입니다. 그래도 단서를 잡지 못한다면 매스컴을 이용할 거고요. 다만 부모도 지금은 후회할지 모르니까 아직은 사건을 확대하고 싶지 않군요."

알겠습니다, 하고 엔도가 동의했다.

경찰이 아기를 맡아 줄 수도 있다는 가나자와의 제안에 엔도는 반색했다. 하지만 B코가 한사코 반대하는 바람에 결국 그날 하루는 그녀가 아기를 보살피게 되었다. 그날 그녀는 비번이었다.

B코가 버려진 아기를 발견했다는 소문은 삽시간에 회사 안에 퍼져 나가, 그날 일정이 없는 조종사들이 잇따라 아기를 보러 왔다. 소문이 어떻게 났는지, 아기를 보러 오는 조종사 세 명 중 한 명은 B코가 숨겨 놓았던 아기인 줄로 알고 있었다.

승무원들은 더 야단법석이었다. 비행 틈틈이 와서 아기를 안아 보는가 하면 과자를 가져와 먹이기도 했다. 살아 있는 인형이라고 해도 과언이 아니었다. 어느 틈엔가 아기 이름도 지어져 B스케라고 불렸다.

그렇게 시간은 흐르는데, B스케의 부모는 좀처럼 나타날 기미가 없었다.

5시가 지날 무렵 공항 경찰 가나자와에게서 전화가 걸려 왔다.

전화를 받은 엔도는 통화를 끝낸 후 가네다 주임과 A코, B코를 불러 상황을 설명했다. 탑승객 전원에게 연락을 취한 결과, 가명을 사용한 사람도 없고 아기를 버렸을 것으로 추정되는 사람도 없었다는 것이다.

"그래서 신문과 텔레비전을 통해 사건을 일반에 공개하겠다는군. 특이한 사건이라서 매스컴에서도 관심을 보이는 모양이야."

"어머! 그럼 텔레비전에 나오는 건가요?"

B코가 눈을 반짝였다. 그리고 아기를 높이 들어 올리면서 "앗싸, B스케!" 하고 외쳤다.

그날 밤, B스케가 우는 모습이 뉴스를 통해 전국으로 방영되었다. 아기를 안은 사람은 당연히 B코로, 그녀는 기자들에게 에워싸인 채 평소에 볼 수 없었던 진지한 얼굴로 인터뷰에 응했다.

"아이참, 역시 볼터치를 좀 진하게 할 걸 그랬나."

자신의 얼굴이 나오는 화면을 보면서 B코가 재잘거렸다. 뉴스란 뉴스는 전부 녹화해서 계속 돌려 보고 있었다. 그러다가 좀 미안하다는 생각이 들었는지 A코를 돌아보며 "같이 찍을 걸 그랬나?" 하고 물었다. A코는 "됐어. 나랑은 상관없는 일이야."라고 대답했다.

사실 방송국 쪽에서는 아기를 안고 있는 역할을 A코에게 맡기고 싶어 했다. 기내에 버려진 아기를 승무원이 발견했다는 설정이니만큼 승무원답게 생긴 여성이었으면 좋겠다는 이유에서였다.

"게다가 텔레비전 화면은 실제보다 옆으로 퍼져 보이거든요."

그 한마디에 엔도도 납득하고 A코를 불렀지만 그녀가 거절하는 바람에 A코와의 인터뷰는 성사되지 않았다. A코는 이런 쓰잘머리 없는 일로 B코와 절교하고 싶지 않았다.

"방송을 보고 부모가 나타났으면 좋겠다."

볼 만큼 봤는지 B코가 텔레비전 모니터를 끄며 말했다.

"친척이나 주위 사람들이라도 알아보고 연락해 주면 좋겠는데."

"난 부모가 아니면 안 돌려줄 거야."

B코는 농담처럼 말했지만 그 눈빛에 진심이 담겨 있는 것 같아 A코는 조금 놀랐다.

다음 날은 A코와 B코 모두 비번이어서 오랜만에 늦잠을 자려고 했지만, 8시쯤 전화벨이 울리는 바람에 결국 이부자리에서 억지로 기어 나올 수밖에 없었다. 아침에 걸려 오는 전화는 A코가 받기로 되어 있었다. 잠에서 갓 깬 B코는 목소리도 제대로 나오지 않는 데다 퉁명스러워서 상대의 기분을 상하게 할 우려가 있기 때문이다.

A코도 절반은 잠에 취한 채 수화기를 들었는데, 상대가 공항 경찰이라는 사실을 안 순간 눈이 번쩍 뜨였다.

"여보세요. ……네 ……알겠습니다!"

그녀는 수화기를 내려놓자마자 B코의 방으로 달려갔다.

"B코! 아기 엄마가 나타났나 봐."

4

　아기 엄마와의 대면은 신일본 항공 응접실에서 이루어졌다. 엔도 과장과 가네다 주임, A코와 B코가 기다리는 가운데 공항 경찰인 가나자와 경부보를 따라 젊은 여자가 나타났다.

　깡마르고 안색도 안 좋은 여자였지만, 입고 있는 옷이나 소지품 등으로 보아 결코 생활수준이 낮을 것 같지는 않다고 A코는 판단했다. 몸이 마르고 안색이 안 좋은 것은 아마도 지난 이삼 일 동안 일어난 변화일 거라고 짐작했다.

　여자는 얼굴을 들자마자 시선을 B코에게로 향했다. 정확하게는 B코가 안고 있는 아기를 보는 것일 터였다. 그녀가 두세 걸음 다가오자 B코는 얼른 일어나서 아기를 보여 주듯이 팔을 들었다.

　여자가 조금 더 다가와 아기에게 손을 뻗었다. 굳은 표정에 입을 꼭 다물고 있었다. B코는 팔을 뻗어 천천히 아기를 상대에게 넘겨주었다. 아기가 B코의 손을 떠날 때 그녀가 눈을 질끈 감는 모습을 A코는 보았다.

　아무도 소리를 내지 않았다. 긴장감이 방 안을 가득 메웠다.

　그때 갑자기 까르르, 소리가 났다. 아기가 웃은 것이다. 모두들 깜짝 놀라며 고개를 들었다.

　그 순간 아기를 안은 여자가 무릎을 꺾으며 그 자리에 주저

앉았다. 그리고 목을 쥐어짜는 듯한 소리로 울기 시작했다.

여자는 야마시타 히사코라고 자신의 이름을 밝혔다. 남편은 종합 상사에 다니는 회사원으로 현재 독일에 출장 중이며, 사는 곳은 고베의 아파트라고 했다.

"영문을 전혀 모르겠어요."

그녀가 말했다.

"아기가 언제 없어졌나요?"

A코가 물었다.

"이틀 전이에요. 날이 좋아서 유스케를 차에 태우고 교토에 놀러 갔었는데, 잠깐 화장실에 다녀오는 사이에 없어졌어요."

유스케가 아기 이름인 모양이었다.

"어디서 그랬죠?"

가나자와 경부보가 물었다.

"마루야마 공원에서요. 야사카 신사 바로 옆에 있는……. 2시쯤이었을 거예요."

교토란 말이지, 하고 A코는 기억을 더듬었다. 베이비 투어 일행도 교토와 나라를 돌아보았다고 했다. 그렇다면 그들과 히사코가 마루야마 공원에서 함께 있었을 가능성이 높다.

"유괴일까요?"

가네다 주임이 가나자와 경부보에게 물었다. 경부보는 고개를 까딱하더니 "그럴 가능성도 있어 보이는군요. 만일 그랬다면 범인이 도중에 계획을 중단했다는 얘기죠."라고 대답했다. 그리고 경부보는 히사코에게 그날 아기가 무슨 옷을 입고 있었는지 물었다.

"갈색 곰돌이 옷이었어요."

히사코가 대답했다.

"머리에서 발끝까지 뒤집어쓰도록 되어 있고 머리에는 곰 귀가 달려 있었죠."

어디선가 그런 옷을 본 적이 있다고 A코는 생각했다.

"아무튼 엄마를 찾아서 다행입니다. 그다음 일은 경찰에 맡기기로 합시다."

엔도가 한시름 놓았다는 듯이 말하자 히사코는 유스케를 꼭 안은 채 고개를 깊이 숙였다.

"뭐라고 감사의 말씀을 드려야 할지……. 조만간 기회를 봐서 사례하겠습니다."

신일본 항공 사람들도 고개를 숙이려는 찰나, B코가 가라앉은 목소리로 말했다.

"사례 같은 건 필요 없어요."

히사코가 놀란 듯이 고개를 들자 B코가 계속해서 말했다.

"다음에 또 이런 일이 생기면 한 대 맞을 줄 알아요."

히사코가 B코의 얼굴을 멍하니 바라보았다. 다음 순간 그녀의 눈에서 눈물이 한 줄기 흘러내렸다. 그리고 그녀는 다시 천천히 고개를 숙였다.

"아무래도 베이비 투어 일행과 관련이 있는 것 같아."

사람들과 헤어진 후 A코와 B코는 공항 안에 있는 카페에 들어가 작전을 짰다.

"내 생각도 그래. 교토라잖아."

B코는 초콜릿 파르페를 맹렬한 기세로 입에 퍼 넣으며 고개를 끄덕거렸다. 그녀는 짜증이 나거나 화나는 일이 생기면 폭식을 하는 버릇이 있다.

"문제는 아기가 있는 사람이 어째서 아기를 유괴했느냐는 건데……."

"너무 귀여워서 욕심이 났을 거야. 분명해."

B코는 좀처럼 흥분이 가시지 않는 모양이었다. A코가 피식 웃으며 고개를 저었다.

"까딱 잘못했다가는 큰 범죄가 될 텐데, 어지간한 동기가 있지 않고는 그러기 어렵지. 그런데 아무리 생각해 봐도 베이비 투어 참가자가 아기를 유괴한다는 건 이상하단 말이야."

"내 생각에는 충동적이었을 것 같아."

둘은 좀처럼 상대방의 의견에 승복하지 않았다. 논리를 중시하는 A코와 감각으로 판단하는 B코의 차이 때문이다.

"비가 오네."

A코가 창밖으로 눈을 돌리고서 말했다. 활주로가 서서히 검게 물들어 가고 있었다.

"일단 집에 들어갈까?"

"그러자. 좀 피곤하네."

두 사람은 자리에서 일어섰다.

카운터에서 계산을 마치고 카페를 나오던 A코가 무의식적으로 옆에 있는 우산꽂이에 손을 뻗었다. 눈에 익은 우산이 꽂혀 있었기 때문이다. 하지만 다음 순간 자신이 우산을 들고 오지 않았다는 걸 깨닫고 얼른 손을 움츠렸다.

"왜 그래?"

B코가 물었다.

"아니야, 아무것도. 잠깐 착각했어."

웃으면서 말하던 A코의 머릿속에 퍼뜩 떠오르는 생각이 있었다. 어쩌면 아기는 뜻하지 않게 유괴된 것 아닐까.

"B코, 한 군데 더 들어가자."

A코는 B코의 손을 잡아끌고 바로 옆에 있는 카페로 들어갔다.

"갑자기 왜 그러는데?"

B코가 테이블에 앉으며 의아하다는 듯이 물었다.

A코는 먼저 컵에 담긴 물을 한 모금 마신 다음 말을 꺼냈다.

"범인이 아기를 유괴했다고 생각했기 때문에 동기를 알 수 없었던 거야. 유괴할 생각이 없었는데 어쩌다 보니 그렇게 되었을 수도 있어."

"무슨 말인지 하나도 못 알아듣겠어."

B코가 두 손으로 관자놀이를 꾹 눌렀다.

"그러니까, 뭐가 어떻게 되었다고?"

"아까 내가 우산꽂이에서 우산을 꺼내려고 했잖아. 내 우산과 똑같은 것이 꽂혀 있어서 그랬거든. 나는 오늘 우산을 안 들고 왔는데, 그 사실을 깜박 잊고 착각한 거지. 그와 똑같은 일이 벌어진 게 아닐까? 요컨대 야마시타 히사코 씨가 화장실에 다녀오는 사이에 누군가 자기 아기로 착각하고 데려간 거란 말이지."

"설마. 그랬다 해도 도중에 알았을 거 아니야."

B코가 안 그래도 동그란 눈을 더 동그랗게 떴다.

"그러는 게 보통이지. 하지만 금세 알아채기 어려울 만한 조건이 갖춰져 있었는지도 몰라. 가령 아기 옷이 똑같았다든지 말이야."

"아무리 그래도 언젠가는 알아채지 않았겠어? 그랬으면 원래 장소에 데려다 놓으면 될 일이고."

"그럴 수 없는 상황이었던 것 아닐까? 이를테면 착각한 상태에서 다른 장소로 이동했다든가 말이야. 만일 그렇다면 방법은 경찰에 맡기든가 아니면 적당히 어디다 버리는 수밖에 없어."

"세상에, 끔찍해라!"

"그래, 끔찍한 얘기지. 그래서 범인은 비행기 안에 아기를 버리기로 한 거야."

아, 하고 B코가 신음했다. 그녀의 뺨이 벌게졌다.

"용서할 수 없어!"

"나도 마찬가지야. 그래서 제안하는 건데, 지금 베이비 투어 여행사에 가 볼래? 그때 그 가이드를 만나서, 교토를 출발할 때 혹시 아기 둘을 데리고 있던 부부가 있었는지 확인해 보자."

"물론 오케이지. 이왕 이렇게 된 거, 끝까지 가 볼 테야."

B코가 테이블을 쾅 내리쳤다.

마침 공항 안에 그 여행사의 지점이 있어 연락을 부탁한 결과 그날 저녁 안으로 여행 가이드를 만날 수 있었다. 사카모토 노리코라는 그 여자는 갓난아기 소동을 기억했다.

A코는 우선 나와 줘서 고맙다고 인사한 뒤 이번 베이비 투어에서 교토의 마루야마 공원에 갔었는지 확인했다. 노리코는 갔었다고 대답했다.

"그게 몇 시쯤이었죠?"

"아마 2시경이었을 거예요."

야마시타 히사코가 말한 시각과 일치했다. A코와 B코는 서로 눈을 마주쳤다.

"그다음에는 어디로 갔죠?"

"버스를 타고 오사카 공항으로 갔어요. 마루야마 공원 근처에 있는 시조 거리가 투어의 마지막 코스였거든요."

그렇다면 만일 실수로 아기를 데리고 버스에 탔을 경우, 도중에 그 사실을 알았다 해도 그대로 오사카 공항까지 갈 수밖에 없었다는 얘기다.

"마루야마 공원에서는 자유 시간이 있었나요?"

"네, 있었어요."

사카모토 노리코가 고개를 끄덕거렸다.

"그러면 말이죠,"

A코가 혀로 입술을 적신 후 살짝 긴장한 투로 물었다.

"참가자 중 누군가 실수로 남의 아기를 버스에 태웠을 경우 금세 알아챌 수 있을까요?"

자신이 느끼기에도 기이한 질문이라고 A코는 생각했다. 사카모토 노리코는 의아한 표정으로 그녀의 얼굴을 물끄러미 바라보다가 "그게 무슨 말이죠?"라고 되물었다.

"그러니까, 남의 아기가 버스에 잘못 태워졌을 경우, 그 사실을 곧바로 알 수 있느냐 말이죠."

A코가 재차 설명했다. 그제야 겨우 노리코도 알아들은 듯했다.

"만약 어느 부부가 고의로 남의 아기를 데리고 탔다면 모를 수 있겠죠. 하지만 실수로 남의 아기를 데리고 오는 일이 과연 있을까요?"

"가령 아빠가 아기를 데리고 있고 엄마는 혼자 따로 돌아다녔어요. 엄마가 화장실에 다녀오다가 자기 아기와 똑같은 옷을 입은 아기가 누워 있는 걸 보았어요. 그럴 경우 엄마는 그 아기를 자기 아기로 착각하고 버스에 태울 수도 있지 않겠어요?"

노리코와 만나기 전에 A코가 세운 추리였다.

"그럴 수도 있겠지만, 그런 경우 남편을 만나자마자 알게 되겠죠. 아기가 둘이니까요."

"버스에서는 부부끼리 서로 가까운 좌석에 앉아 있었나요?"

만일 떨어져 있었다면 둘 다 아기를 안고 있었어도 한동안 몰랐을 가능성이 있다.

그러나 노리코의 대답은 명쾌했다.

"네, 다들 바로 옆자리였어요."

"그래요……."

그랬겠지, 하고 A코는 생각했다. 부부를 군이 떼어 놓을 필요는 없었을 것이다.

그런데 그녀가 다른 가능성을 생각해 보려는 참에 노리코가 "다만," 하고 입을 열었다.

"다만 뭐죠?"

A코는 노리코의 입을 주시했다.

"이랬을 가능성은 있겠군요. 사실 관광버스 뒤 좌석이 상당히 비어 있어서 거기에 아기를 눕히는 분이 많았어요. 그래서 마루야마 공원에 갔을 때도 아기를 뒤 좌석에 내버려 둔 채 버스에서 내리는 부부가 있었죠. 그런 경우 부부 중 어느 한쪽이 아까 말씀하신 것처럼 실수로 다른 아기를 데리고 탔을 경우 한동안은 눈치채지 못할 수도 있겠네요."

"그래, 분명히 그랬을 거야."

B코가 말했다.

"하지만,"

노리코는 냉담한 표정으로 B코를 바라보았다.

"이론적으로는 그렇다 해도 실제로 그런 일이 일어나기는 힘들다고 봐요. 아무러면 아기가 바뀐 걸 금세 알아채지 못할 부모가 있으려고요."

노리코의 말에 B코가 고개를 끄덕이며 팔짱을 끼었다.

"하긴 어지간한 멍청이가 아닌 다음에야."

"멍청이든 뭐든 그럴 가능성이 전혀 없다고 할 수는 없겠죠?"

A코가 다그치듯 묻자 노리코는 눈썹을 찌푸리며 "가능성이
야 있겠죠."라고 대답했다.

"부탁드린 사진은 가져오셨어요?"

"네, 여기요."

노리코가 가방에서 사진 한 장을 꺼냈다. 그것은 베이비 투
어 일행의 기념사진이었다. 참가자 전원이 찍혀 있었다.

A코가 그 사진을 한참 들여다보다가 B코에게 건넸다. 사진
을 죽 훑던 B코는 "아니!" 하고 나지막이 말했다.

"이거 갈색 곰돌이 옷이잖아!"

A코가 고개를 끄덕했다. 맨 앞줄 오른쪽에서 두 번째에 있
는 아기였다. 그 아기를 안고 있는 사람은 쇼트커트 머리를
한 이십 대 전반 정도의 여자였다. 그 옆에 선 은행원 같은 인
상의 남자가 남편일 것이다.

"이 부부를 기억하세요?"

A코가 부부를 손가락으로 짚으면서 노리코에게 물었다. 노
리코는 잠깐 생각한 뒤 "네, 기억해요."라고 대답했다.

"혹시 뭔가 인상에 남는 일은 없었나요?"

"글쎄요, 인상에 남는 일이라……."

잠시 생각에 잠겼던 노리코가 A코와 B코에게 눈길을 향했다.

"그러고 보니까 마루야마 공원에서 이런 일이 있었어요. 참
가자 대부분이 버스에서 내리자마자 화장실로 달려갔는데,

화장실 앞 벤치에 웬 아기가 눕혀 있었어요. 그래서 제가 아기를 안아 올린 후 주위를 돌아보는데 이 사진의 부인이 화장실에서 나오더니 죄송하다고 하더군요. 제가 '아기는 잘 자고 있으니 버스에 데려다 놓을까요?' 하고 물었더니 그렇게 해 달라고 해서 제가 아기를 버스로 데리고 갔어요."

"그거야!"

B코가 외쳤다.

"그 아기가 B스케였던 거야."

A코도 고개를 크게 끄덕거렸다. 그러자 노리코가 불안한 듯이 눈썹을 축 늘어뜨렸다.

"저…… 제가 무슨 잘못이라도 저지른 건가요?"

그 말에 B코가 얼굴 앞에서 손을 휘휘 저었다.

"아뇨, 아뇨. 노리코 씨 탓이 아니에요."

"이 부부에 대해 달리 기억나는 건 없나요? 교토에서 간사이 공항으로 가는 길에 무슨 일인가 있었을 것 같은데."

A코의 물음에 노리코가 고개를 갸웃했다. 이윽고 그녀가 뭔가 생각이 난다는 듯이 허공을 노려보았다.

"맞아요. 남편 분이 공항에서 오사카 시내로 향했어요."

"오사카 시내로요?"

"네. 그래서 그 비행기에는 부인과 아기만 탔을 거예요."

"부인과 아기만……."

이번에는 A코가 허공을 노려보았다.

"오사카로 가는 척 했겠지."

항공기 운항 시간표를 보며 A코가 말했다.

"아마 자기네 진짜 아기를 데리고 한발 앞서 도쿄로 돌아갔을 거야. ANA 항공 18시 오사카 출발 편이 있네. 틀림없이 이걸 탔겠지."

"그럼 부인 혼자 B스케를 데리고 우리 비행기를 탄 건가?"

물을 탄 소주를 벌컥벌컥 들이켜면서 B코가 말했다.

"B스케만 데리고 타지는 않았을 거야. B스케와 비슷한 크기의, 공기로 부풀리는 인형을 준비했을 거라고 봐. 그런 건 공항에 있는 가게에서도 구할 수 있을 테니까."

"그리고 착륙 전에 그 인형에 B스케 옷을 입힌 거지. 착륙해서 승객들이 내리기 시작할 무렵에 B스케를 다른 좌석에 놓아두고 자기는 인형을 안은 채 비행기에서 내린 거야."

"먼저 도착한 남편이 수하물 찾는 곳에서 기다리고 있다가 거기서 인형과 자기네 진짜 아기를 바꿔치기했겠지."

"우리가 헐레벌떡 뛰어갔을 때는 이미 바꿔치기한 후였던 거야. 그래서 아기는 딱 스물다섯 명이었던 거고."

"완벽하네."

"기가 막힐 정도로."

"어떻게 하지?"

"그야 뻔하잖아."

B코가 남은 소주를 입에 털어 넣었다.

"도저히 용서 못해."

5

매주 수요일이면 오이카와 사나에는 집 근처 테니스 클럽에 간다. 결혼한 지 2년, 슬슬 운동 부족이 염려되어 한 달 전부터 다니기 시작했다.

클럽에는 차를 몰고 간다. 아기를 맡길 수 있는 시설이 있다는 게 사나에에게는 더없이 고맙다.

'아무도 눈치를 못 챈 것 같아. 일단은 안심이야.'

차가 신호에 걸려 서 있을 때 사나에는 조수석에 눕혀 둔 아들 쓰토무를 바라보며 슬그머니 미소를 지었다. 사실 지난 일주일 내내 그녀는 안절부절못했다.

아기 엄마를 찾았다는 기사를 읽었을 때는 아아, 정말 다행이야, 하고 생각했지만, 뒤이어 자신들이 저지른 짓이 탄로나지 않을까 하는 불안이 엄습했다. 그렇게 되면 남편의 출세에도 지장이 있다.

하지만 더는 걱정하지 않아도 될 듯했다. 세상도 서서히 그 작은 사건을 잊어 가고 있었다.

어쨌거나 참으로 어리석은 짓을 했다고 사나에는 새삼 생각했다.

마루야마 공원에 도착해서 처음에는 쓰토무를 버스에 남겨 두고 부부만 구경을 나설 작정이었다. 그런데 쓰토무가 칭얼거리는 바람에 하는 수 없이 남편 가즈오가 아기를 안고 내렸다. 그리고 그들은 우선 화장실로 갔다.

사나에가 화장실에 다녀오는 동안 가즈오가 쓰토무를 안고 있기로 했다. 그런데 그녀가 나와 보니 가이드 사카모토 노리코가 쓰토무와 똑같은 옷을 입은 아기를 안고 있었다.

그녀는 남편이 가이드에게 아기를 떠넘긴 거라고 짐작했다. 그래서 가이드가 쓰토무를 버스에 데려다 놓을까요, 하고 물었을 때 그렇게 해 달라고 부탁했다. 그러고는 남편의 존재도 잊은 채 혼자 야사카 신사 주위를 둘러보았다.

가즈오와 마주친 건 그로부터 한참이 지나서였다. 그런데 쓰토무가 그의 품에 안겨 있었다.

사나에는 가즈오가 뭔가 사정이 있어 버스로 돌아갔다가 다시 쓰토무를 데려왔나 보다고 가볍게 생각하고 아무것도 묻지 않았다. 그도 다른 말이 없었다.

그들이 자신들의 실수를 눈치챈 것은 버스가 출발한 다음

잠든 쓰토무를 눕히려고 했을 때였다. 쓰토무와 똑같은 옷을 입은 아기가 그곳에서 자고 있었던 것이다. 그제야 비로소 사나에는 자신이 착각했다는 걸 깨달았다. 그리고 그 사실을 가즈오에게 알렸다.

경찰에 신고해야겠지, 하고 그는 말했다. 그리고 솔직하게 사과하자고 덧붙였다. 그러나 그녀는 그러고 싶지 않았다. 사정이야 어찌 됐든 남의 아기를 데려왔다는 사실이 세간에 알려지면 웃음거리가 되고 말 것이다.

그래서 궁리 끝에 생각해 낸 방법이 비행기에다 두고 내리는 것이었다. 너무 대담한 방법이긴 하지만, 공항 안에는 아기를 둘 만한 장소가 의외로 없었다.

가즈오가 쓰토무를 데리고 먼저 도쿄로 간다. 사나에는 기내에서 아기와 인형을 바꿔치기한 후 시치미를 떼고 비행기에서 내린다. 그리고 수하물 찾는 곳에서 기다리던 가즈오에게서 쓰토무를 넘겨받은 후 인형을 건넨다……. 모든 것이 순조로웠다. 뒤늦게 달려온 승무원들도 자신들을 의심하는 눈치는 없었다.

아무튼 앞으로는 조심해야지. 사나에는 다시 한 번 속으로 다짐했다.

주차장에 도착한 그녀는 스포츠 백을 어깨에 메고 쓰토무를 품에 안은 후 걸음을 옮겼다. 주차장에서 테니스 코트까지 거리가 꽤 된다는 게 이 테니스 클럽의 단점이다.

차에서 몇 걸음 걸었을 때 앞쪽에서 젊은 여자가 다가왔다. 동그란 안경을 끼고 몸집이 좀 있는 여자였다.

"아기 놀이방 직원입니다. 제가 아기를 안아 드릴까요?"

여자가 말했다. 본 적 없는 여자였지만, 쓰토무를 안아 주겠다고 하니 반가웠다. 새로운 서비스인가 보다 싶었다.

"아기가 참 귀엽네요."

그러고서 여자는 쓰토무를 안은 채 테니스 클럽과 반대 방향으로 걷기 시작했다. 잠시 눈으로 그녀의 모습을 좇던 사나에는 여자가 옆에 있는 건물로 들어가자 갑자기 불안해졌다.

"잠깐만요! 어디로 데려가는 거죠?"

사나에는 허둥지둥 여자를 좇아 건물로 들어갔다. 여자가 계단을 올라가고 있었다. 사나에도 그녀를 뒤따랐다.

여자는 쓰토무를 안은 채 6층 건물 계단을 성큼성큼 올라갔다. 속도가 엄청났다. 사나에는 숨을 헉헉거리며 부지런히 다리를 움직였다. 도대체 왜 이런 고생을 해야 하는지 영문을 알 수 없었다.

이윽고 여자가 옥상으로 나갔다. 잠시 후 사나에도 옥상으로 나갔다. 옥상 맨 끝에 여자가 아기를 안은 채 서 있었다.

"당신, 누구예요?"

여자는 대답하지 않았다. 그리고 몸을 빙그르 돌려 사나에를 등지고 서더니 품에 안고 있던 아기를 난간 너머로 휙 던졌다.

"아악!"

사나에는 짐승처럼 비명을 지르며 난간에 달라붙었다. 여자가 던진 그것이 까마득히 아래 주차장 바닥에 떨어지며 산산조각 났다. 동시에 인형 머리가 튀어 올랐다.

"아, 인형……."

사나에가 중얼거리는데 옆에 있던 여자가 그녀의 어깨를 잡아 자기 쪽으로 돌려 세웠다.

다음 순간 여자의 손바닥이 사나에의 뺨에 날아들었다. 찰싹, 소리가 옥상에 울렸다.

바로 그때 사나에의 등 뒤에서 아기 울음소리가 들렸다. 돌아보니 키 큰 여자가 쓰토무를 안고 서 있었다.

사나에는 비척거리며 달려가 여자의 품에서 아기를 빼앗았다. 그리고 무너지듯 그 자리에 주저앉아 엉엉 울었다.

B코가 안경을 벗고, 아직도 여자 옆에 서 있는 A코에게 다가갔다.

"가자."

A코는 고개를 끄덕한 뒤 걸음을 내디뎠다. 그리고 옥상에서

내려가려는 참에 여자가 울부짖는 소리가 들렸다.

"이런 일, 다시는 당하고 싶지 않아!"

"왜 아니겠어."

B코가 아기가 칭얼거리는 듯한 목소리로 대답했다.

중매석의 신데렐라

1

2월 27일 금요일. 17시 55분 가고시마발, 19시 25분 도쿄 도착 예정인 A300편 객실 안.

이륙을 앞두고 통칭 B코, 즉 후지 마미코를 비롯한 승무원들은 마지막 점검을 하고 있었다. 승객은 모두 145명. 정원의 절반가량이다.

안전 점검이 끝나면 승무원들도 착석하고 당연히 안전벨트를 맨다. 그들의 좌석은 점프 시트라고 해서 비상구 부근에 있다.

그런데 승객들의 좌석은 비행기 진행 방향으로 놓여 있지만 점프 시트는 그와 반대쪽을 향해 있다. 따라서 점프 시트 바로 맞은편 자리에 앉은 승객은 승무원과 마주 앉는 모양새가 된다. 그래서 A300편에서는 9열 A, B, G, H 좌석과 29열 A, B, G, H 좌석을 '중매석'이라고 불렀다.

승무원 중에는 이 '중매석'에서 이상형인 상대를 만나 결혼에 골인한 사람도 있다고 한다.

그러나 B코는 그런 소문을 별로 믿지 않는다. 이미 몇 번이나 그 자리에 앉아 봤지만 단 한 번도 그런 상대와 마주 앉은 경험이 없었기 때문이다. 대개는 배가 불룩 튀어나온 중년 남자거나 수다쟁이 아줌마였다. 중년 남자는 음흉한 눈빛으로 이쪽을 힐끔거릴 뿐이고, 아줌마는 한번 수다를 상대해 줬다 하면 여간해서는 놓아주지 않았다.

그날도 B코는 별다른 기대 없이 점프 시트에 앉았다. 그리고 객실 내부를 둘러보았다. 대개 점프 시트에서는 승객의 상태를 살피고 긴급 사태에 대비하는 일을 한다.

비행기는 정시에 출발했다. 순식간에 가속도가 붙고 안전벨트의 압력이 느껴지는가 싶더니 어느 사이 기체가 둥실 떠오르면서 창밖 풍경이 기우뚱했다.

그로부터 2, 3분 후 금연 표시등이 꺼지자 B코 맞은편 자리에 앉은 사람이 부스럭부스럭 담배를 꺼내는 기척이 났다. 그제야 그녀는 처음으로 오늘의 '중매' 상대에게 눈길을 주었다.

다음 순간 그녀는 흠칫 놀랐다.

상대 남자도 그녀를 바라보고 있었던 것이다. 그것도 힐금거리는 게 아니라 똑바로 응시하고 있었다. 마치 무언가에 넋을 잃기라도 한 것처럼.

B코는 자신도 모르게 그 눈길을 외면했다. 그러나 싫은 것은 아니었다.

'괜찮은걸. 오늘은 당첨이야.'

웬일로 남자가 B코 취향이었다.

나이는 서른쯤일까. 짙은 녹색 슈트를 말쑥하게 차려입었고 가뭇가뭇한 피부에 윤곽이 뚜렷한 얼굴. 키는 180에 가까워 보였다. 넥타이도 싸구려가 아니라고 B코는 판단했다.

"저……."

그가 B코에게 말을 붙였다. 그녀는 얼른 그에게 얼굴을 돌렸다.

"승무원이란 여간 힘든 직업이 아닌 것 같습니다."

조심스러운 말투로 그가 말했다.

"승객을 일일이 살펴야 하고, 그러면서 미소도 잃지 않아야 하고……, 상당히 힘든 육체노동인 것 같아요."

"네, 하지만 재미있는 일도 많아요."

B코가 업무용 표정으로 대답했다. 하지만 속으로는 '목소리도 박력 있고 멋진데.' 하고 합격점을 주었다.

"훈련도 상당히 혹독하다던데요. 언젠가 텔레비전에서 본 적이 있어요."

"꼭 그렇지만도 않아요. 조금만 분발하면 누구나 할 수 있는 일인걸요."

B코는 훈련생 시절의 교관이 들으면 눈이 동그래질 만한 말을 천연덕스럽게 했다. 분명히 말하지만 그녀는 동기생 중에서 꼴찌로 간신히 검정 시험을 통과했다.

"하나같이 미인이라 승무원을 아내로 맞는다면 남자로서는 최고의 영광이겠어요."

"어머나, 별말씀을……."

들어 본 적 없는 말에 B코는 흐뭇한 미소를 지었다. 대체로 이런 말을 듣는 역할은 A코로 불리는 친구 하야세 에이코가 독점해 왔다. A코는 수재인 데다, 얼굴이 둥글넓적한 B코와 달리 갸름하게 생긴 미인이다.

좌석 벨트 착용 사인이 꺼질 때까지 남자는 여러 번 말을 걸어왔다. B코도 기꺼이 대화에 응했다. 얘기에 너무 열중하는 바람에 수석 승무원 기타지마 가오리에게 한소리 들었을 정도였다.

착륙 직전, B코는 다시 점프 시트에 앉았다. 눈이 마주치자 남자가 웃어 보였다. B코도 얼굴을 발그레하게 물들이며 미소를 되돌려 주었다.

"어디선가 또 만날 수 있으면 좋겠군요."

남자가 말했다.

"네에……."

얼굴을 들고 대답하면서 B코는 가슴이 두근거렸다. 남자의 눈빛이 뜻밖에 진지했기 때문이다.

"진심으로요."

남자는 눈길을 돌리지 않았다. 그는 기체가 활주로에 착륙

한 후에도 B코의 얼굴을 똑바로 바라보고 있었다.

아파트로 돌아온 B코는 코트를 벗어 던지면서 그날 중매석에서 생긴 일을 털어놓았다. 듣는 역할은 당연히 A코 몫이다.

"와, 그랬어?"

수제 쿠키를 입에 넣으면서 A코가 말했다.

"웬일이래. 그 자리에 젊은 남자가 다 앉다니 말이야."

"그냥 젊은 남자가 아니라니까. 굉장히 잘생긴 데다 친절하기까지 했어."

"세상에, 있을 수 없는 일이야."

"키도 크고."

"목소리도 좋았겠지?"

"양복도 어찌나 잘 어울리는지."

"정말 잘됐다. 그래서, 언제 만나기로 했어?"

"언제……?"

B코가 A코를 멀뚱멀뚱 바라보았다.

"그러니까, 데이트 말이야. 또 만나고 싶다고 했다면서?"

"아아."

B코가 떨떠름한 표정을 지었다.

"만났으면 좋겠다고 했을 뿐이지 약속까지 한 건 아니야."

"에이, 뭐야. 그런 거였어? 한데 별일이네. 그런 일이 있으면 너는 늘 적극적으로 자신을 어필하잖아."

"그러게."

대답하면서 B코도 고개를 갸웃했다.

"좀 이상하지? 상대에게 슬그머니 연락처를 알려 주는 게 내 주특기인데, 오늘은 그럴 생각이 안 들더라. 왜 그랬을까?"

"그 사람이 너무 멋져서 긴장한 거 아닐까?"

A코가 재미있다는 듯이 웃었다.

2

그 후로도 B코는 몇 번이나 가고시마발 도쿄행 비행기를 탔지만 예의 남자는 만날 수 없었다. 그가 업무차 그 비행기를 탄 거라면 또다시 탈 가능성도 있겠다고 생각했는데, 아무래도 자주 오가지는 않는 모양이었다.

'직업 정도는 물어봐 두는 건데 그랬어.'

B코는 후회했다. 그러나 직업을 안다고 해서 달라질 것은 아무것도 없었다.

"기회가 이런 식으로 물 건너가나 봐."

가고시마에서 오는 비행기를 탄 날이면 집에 돌아와서 A코에게 푸념하기도 했다. 그러나 B코는 워낙 기분 전환이 빠른

편이다. 두 주일이 지날 무렵에는 그 일을 깡그리 잊고 "아아, 어디 돈 많고 잘생긴 남자 없나." 하고 말해 A코를 아연하게 만들기도 했다.

그런 그녀에게 예의 남자로부터 연락이 온 것은 만난 지 20일도 더 지나서였다. 아파트로 직접 전화가 걸려 왔다.

전화를 받은 쪽은 A코였다. 남자에게서 전화가 왔다고 전하자 욕실에 있던 B코는 달랑 수건 한 장만 걸치고 튀어나왔다.

남자는 느닷없이 전화를 걸어 미안하다고 사과한 후, 자신을 기억하느냐고 물었다.

"물론이죠."

B코는 한껏 여성스러운 목소리로 대답했다. 옆에서 홍차를 마시고 있던 A코가 컥컥거렸다.

그는 나카야마라고 자신의 이름을 밝혔다.

"실은 꼭 한번 다시 만나고 싶은데, 괜찮으실까요?"

묻는 것도 아주 딱 부러졌다. 중매석에 마주 앉았을 때도 그러더니.

"아…… 네. 좋아요."

대답하면서 B코는 수화기를 힘주어 쥐었다. 마음속으로 쾌재를 부르면서.

데이트 약속을 하고 수화기를 내려놓은 후 B코는 주먹을 힘껏 치켜들었다.

"앗싸! 데이트한다!"

"와, 좋겠다. 이거 샘나는걸?"

"차로 데리러 온대. 흠, 그런데 무슨 옷을 입어야 하나……."

"뭐 하는 사람이래?"

A코가 묻자 한껏 들떠 있던 B코의 표정이 순간 굳어졌다.

"아차, 그걸 안 물어봤네. 하지만 차로 데리러 올 정도니까 빈털터리는 아니겠지. 양복도 고급스러워 보이던데, 대기업 사원쯤 될 거야."

B코는 제멋대로 단정 지어 말했다.

그리고 마침내 데이트 날이 찾아왔다.

약속 시간, 약속 장소에 벤츠, 그중에서도 최고급 차가 모습을 드러냈다. 게다가 운전사까지 있었다. B코는 그것만으로도 얼어붙고 말았다.

"느닷없이 뵙자고 해서 죄송합니다."

B코를 자동차로 안내하면서 나카야마가 말했다. 그에게서 남자 향수 냄새가 은은하게 풍겼다. 취향도 참 고상하네, 하고 그녀는 감탄했다.

"식사부터 하러 가시죠. 프랑스 요리, 괜찮으시겠어요?"

그녀가 고개를 끄덕이자 그는 운전사에게 행선지를 말했다. 운전사가 "알겠습니다."라고 시원스레 대답했다.

"저, 나카야마 씨는 무슨 일을 하세요?"

달리던 중에 B코가 물었다. 나카야마는 웃으면서 "제 자신은 외국 제품을 중개하는 브로커 같은 일을 하고 있습니다. 하지만 수입은 그다지 많지 않아요."

"제 자신……이라니요?"

"제가 하는 일이 그렇다는 뜻입니다. 실제로는 부모님이 남겨 주신 유산으로 재테크를 조금 하고 있는데 그쪽이 수입이 더 많거든요."

"그렇군요."

고개를 끄덕이면서 B코는 내심 득의의 미소를 지었다. 부모님이 남겨 주신 유산, 이라면 지금은 부모가 안 계시다는 뜻이다. 결혼해도 시부모에게 시달릴 일은 없겠다 싶었다.

'게다가 부자란 말이지.'

이상적이네, 하고 그녀는 생각했다.

자동차가 신호에 걸려서 정지했을 때 나카야마가 "다무라 군." 하고 운전사에게 말을 걸었다. 다무라가 운전사의 이름인 듯했다.

"네."

"내가 말한 대로지?"

"그렇습니다."

운전사가 백미러로 B코를 바라보면서 대답했다. 그 시선에 B코는 왠지 모르게 등골이 오싹함을 느꼈다. 이유는 알 수 없었다.

"이런 여자가 있었다니, 놀랍지 않아?"

"놀랍군요."

"그야말로 내가 찾던 사람이 맞지? 이 정도로 이상적인 사람을 다시는 찾지 못할 거야."

"맞는 말씀입니다."

운전사는 몇 번이나 고개를 끄덕였다.

B코는 기쁨과 당황스러움이 교차하는 기분으로 두 사람의 대화를 듣고 있었다. 칭찬인 줄은 알겠지만 어쩐지 말투가 마음에 걸렸다. 첫 데이트를 하는 여자에게 이런 대화를 들려주다니, 아무리 듣기 좋으라고 하는 말이라도 도가 지나친 느낌이었다.

나카야마와 운전사의 대화는 거기서 끝이 났다. 신호가 녹색으로 바뀐 것이다.

그들이 도착한 곳은 주택가 안에 동그마니 서 있는 프렌치 레스토랑이었다. B코는 이 집을 어느 잡지에선가 본 적이 있었다. 최소한 일주일 전에는 예약을 해야 하는 레스토랑이라고 쓰여 있었다.

"자주 이용하는 곳입니다. 밀담을 나누기에 더없이 좋은 곳이거든요."

그러면서 나카야마는 한 눈을 찡긋했다.

요리를 주문하고 나자 지배인인 듯한 남자가 인사를 하러 왔다. 머리숱이 적은 깡마른 남자였다. 그는 B코에게도 성실함이 깃든 눈빛으로 인사했다.

"자랑삼아 하는 말은 아닙니다만,"

지배인이 물러가자 나카야마가 입을 열었다. B코는 자신도 모르게 긴장하며 그의 얼굴을 바라보았다.

"제 자산이 20억 엔 정도는 될 겁니다."

B코는 잠자코 고개를 끄덕였다. 딱히 대꾸할 말이 없었다.

"부모님은 안 계시고요. 어머니는 제가 중학교 때 사고로 돌아가셨고, 아버지는 작년에 병으로 돌아가셨죠."

B코는 여전히 입을 다물고 있었다.

"하지만 친척은 많습니다. 고모, 삼촌, 사촌이 다 있습니다."

"북적거리겠군요."

간신히 목소리가 나왔다. 하지만 시답잖은 대답을 했다며 곧 후회했다.

나카야마가 재미있다는 듯이 웃었다.

"북적거리는 것뿐이라면 괜찮은데, 돈 문제가 얽히면 골치가 아픕니다. 특히 금액이 클 때는 말이죠."

"뭔가 문제가 있나 보죠?"

"네, 여러 가지로요."

그때 웨이터가 와인을 들고 나타났다. 그는 익숙한 손놀림으로 와인을 잔에 따랐다.

"건배부터 하죠."

나카야마가 잔을 들었다. 살짝 떨리는 손으로 B코도 잔을 들었다.

B코와 나카야마가 식사를 하는 동안 운전사 다무라는 내내 차 안에서 기다린 듯했다. 두 사람이 레스토랑에서 나오자 얼른 차에서 내려 문을 열어 주었다.

다무라는 몸집이 큰 편은 아니었다. 남자치고는 키가 작다고도 할 수 있었다. 약간 통통한 데다 얼굴은 동그랗고 하얬다. 수수한 금테 안경을 끼었지만 나이는 아직 이십 대 초중반으로 보였다. B코 눈에는 어쩐지 운전사를 할 스타일로 보이지 않았다.

"그 바로 가지."

나카야마가 운전사에게 일렀다. 희미하게 고개를 끄덕인 후 다무라는 차를 출발했다.

"조용한 술집이죠."

나카야마가 이번에는 B코에게 말했다.

"회원제라서 일반 손님은 들어오지 않아요. 편안히 얘기를 나눌 수 있습니다."

"네에……."

애매하게 반응하고 나서 B코는 나카야마의 옆얼굴을 슬며시 살폈다. '편안히 얘기'라는 부분에서 묘한 느낌을 받았기 때문이다. 그는 레스토랑에 가서도 좀 야릇한 말을 했다. '밀담을 나누기에 더없이 좋다'고.

물론 식사를 하며 나눈 대화는 그녀로서도 충분히 즐거웠다. 나카야마는 화제가 풍부할 뿐 아니라 매우 해박했다. 항공기에 대해서도 B코보다 훨씬 자세하게 알고 있을 정도였다.

그런데도 B코는 도무지 나카야마에게 마음을 열기가 쉽지 않았다. 마치 유리벽을 사이에 두고 얘기하는 듯한 기분이 들곤 하는 것이었다. 그런 느낌이 들기 시작하면서 그가 하는 우아한 말도 식상하게 들렸다.

바는 찾기가 매우 힘든 곳에 있었다. 창고의 비상구 같은 출입문이 있을 뿐 간판조차 붙어 있지 않았다. 이러니 일반 손님이 안 들어오지, 하고 B코는 납득했다.

안으로 들어가니 자리가 40석 정도 있고 라이브 재즈 연주가 흘렀다. 이번에도 나카야마가 들어가자 지배인으로 보이는 남자가 나와서 인사를 했다.

"저에 대해서는 이제 웬만큼 아셨을 거라고 생각합니다."

구석에 있는 테이블 자리에 앉고 나서 그가 말했다. B코는 말없이 고개만 끄덕였다.

"그래서, 부탁이 있는데요."

"부탁이라니요?"

"……부탁이라는 표현이 좀 그런가……. 청, 이라고 하는 편이 나을지도 모르겠네요. 아무튼 당신이 아니면 안 되는 일입니다."

"네에……."

B코는 눈을 살짝 치켜뜨고 나카야마를 보았다. 그러면서 무의식중에 치맛자락을 움켜쥐었다.

"실은, 저와 결혼해 주셨으면 합니다."

"……."

"놀라셨나 보군요. 하지만 이것만은 알아주세요. 이 세상 여자 중에 당신만큼 제 신부로 어울리는 사람은 없을 겁니다."

"프러포즈를 받았단 말이야?"

차를 끓이던 A코는 하마터면 찻주전자를 떨어뜨릴 뻔했다.

"응, 결혼해 달래."

B코는 콧노래를 흥얼거리면서 옷을 갈아입었다.

"하지만 오늘이 첫 데이트잖아. 너무 이른 거 아니니?"

"만난 횟수 같은 건 중요하지 않아. 문제는 느낌이지."

"느낌이라……."

"그 사람 말로는 세상에서 나만큼 이상적인 여자가 없다는 거야. 그런 말 듣고 기쁘지 않을 여자가 어디 있겠어."

"아, 그래……."

A코는 왠지 석연치 않다는 표정을 지으며 B코 앞에 찻잔을 놓았다.

"그래서, 뭐라고 대답했어?"

그러자 B코는 태연한 목소리로 "물론 오케이라고 했지. 당연하잖아."라고 말했다.

"정말 결혼하려고?"

A코가 꽥 소리를 지르듯이 물었다.

"재산이 수십억이라잖아. 이렇게 좋은 기회는 두 번 다시 없을 거야."

"자, 잠깐만. 너, 나랑 한 약속은 어쩌고? 승무원을 그만둘 때는 같이 그만두자고 훈련생 시절에 맹세했잖아."

"아아, 그거."

B코가 코웃음을 쳤다.

"그거라니, 너무 가볍게 얘기하는 거 아니야? 그럼 그 맹세는 가짜였어?"

"가짜는 아니었지. 하지만 이런 일이 생길 줄은 꿈에도 몰랐어. 부호의 부인이 될 수만 있다면 승무원 따위는 언제든지 집어치울 수 있어."

"어이가 없네……. 일생이 걸린 문제를 어떻게 그렇게 간단히 결정할 수 있어?"

"뭘 그렇게 거창하게 말해. 억만장자가 되면 한턱 크게 낼게."

"결혼은 돈벌이가 아니야."

"고리타분하기는. 너, 그런 식으로 고리타분하게 굴다가는 노처녀로 늙는다."

"내 얘기가 아니잖아."

"그보다 있잖아, 너한테 부탁이 있어."

A코의 잔에 차를 따라 주면서 B코는 의미심장한 눈빛을 그녀에게 던졌다. 뭔가 부탁이 있을 때의 패턴이다.

A코는 기가 차다는 표정으로 B코의 둥그런 얼굴을 바라보았다.

"너도 참 대단해. 이런 마당에 부탁할 생각을 다 하다니 말이야."

"그게 내 장점이잖아. 다른 게 아니라 그 사람 친척들을 좀 만나 줘."

"그 사람이라니, 억만장자 말이야?"

"응. 나랑 같이 친척들을 만나서 내 칭찬을 해 주면 돼."

"내가?"

A코가 입을 쩍 벌렸다.

"네가 직접 하는 게 낫지 않을까? 너, 그런 데는 선수잖아."

"내 입으로 하면 설득력이 떨어지니까 그렇지."

B코는 태연한 표정으로 대답했다.

"하여간 말이지, 나카야마 씨 친척들이 말도 못하게 욕심쟁이들인가 봐. 그 사람 아버지가 돌아가셨을 때도 유산의 행방에만 신경을 쓰더래. 그리고 지금은 친척들이 자기네 딸을 그 사람 신부로 들이려고 기를 쓰는 모양이야."

"거봐."

A코가 말했다.

"부자들에게는 그런 추악한 다툼이 따라다니는 법이야. B코 너한테는 어울리지 않아."

"난 그런 거 아무렇지도 않아. 하여튼 말이야, 그 사람이 결혼하겠다고 하면 친척들이 전부 결사반대할 거래. 그런 것쯤 싹 무시하고 결혼할 수도 있지만, 앞으로의 일을 생각해서 일단은 원만하게 처리하고 싶다네."

"흐음……."

"그러려면 그 욕심쟁이 친척들에게 신붓감을 선보여야 하잖아. 우선은 실물을 보여 주고 나서 적을 설득하겠다는 거지."

"너를 보여 주고 나서 설득하겠다고?"

"그래. 뭐야, 그 어이없다는 표정은?"

B코가 입을 뽀족 내밀자 A코는 살짝 당황하면서 "그게 그러니까……, 그렇게 욕심이 많은 사람들이라면 아무리 아름다운 신부를 데려가도 반대할 거란 말이지."라고 변명하듯이 말했다.

"그건 걱정하지 않아도 돼."

B코는 자신 있다는 듯이 고개를 휘휘 가로저었다.

"적이 뭘 공략할지는 다 알아. 집안, 학력, 교양, 그리고 용모가 얼마나 단정한지, 그런 거겠지. 그러니까 그런 점을 단단히 무장하고 나가면 그쪽에서도 꼬투리를 잡지 못할 거야."

"허……."

"아직도 어이없다는 표정이네."

"아니, 그게 아니라……."

A코가 말을 잇지 못하고 입만 우물거렸다.

"알아, 나도. 집안은 전형적인 서민 가정에다 최종 학력은 삼류 단기 대학, 교양이래야 소녀 만화나 파친코 정도밖에 없지. 하지만 괜찮아. 어떻게든 연기를 잘해서 무사히 넘긴 다음에 후다닥 식을 올리기로 했으니까. 친척들이랑 같이 살 것도 아니니 들킬 염려도 없고."

A코가 질린다는 표정으로 한숨을 깊이 내쉬었다.

"그러니까, 나더러 연기를 거들어 달라는 거야?"

"그렇지. 부탁해."

B코는 얼굴 앞에 두 손을 모으고 비는 시늉을 했다.

"나랑 같이 그 사람 친척들을 만나서 나를 칭찬해 주기만 하면 돼. 간단하지?"

"잘 보여서 결혼할 수 있도록 말이지?"

A코가 팔짱을 끼고 생각에 잠기더니 잠시 후 고개를 들고 B코를 바라보았다.

"있잖아 너, 돈 때문만이 아니라 진심으로 나카야마 씨를 사랑하는 거야? 사랑해서 결혼하고 싶은 거냔 말이야."

"물론이지."

B코가 콧구멍을 벌름거리며 대답했다.

"딱 한 번 만났는데도 알겠더라. 사랑은 불멸이야. 누구도 그 사랑을 방해하지 못해."

"A, B 콤비도 이제 해산이네."

"그렇게 심각할 거 없어. 걱정 마, 부자가 되더라도 가끔은 놀아 줄 테니까. A, B 콤비도 불멸이야."

그리고 B코는 호쾌하게 웃었다.

3

그로부터 일주일이 흘러 나카야마의 친척들에게 B코를 소개하는 날이 되었다. A코와 B코가 긴장한 채 기다리고 있으려니 점심때가 조금 지나 예의 벤츠가 아파트 앞에 나타났다.

"성가신 일을 부탁드려 정말 죄송합니다."

B코가 A코를 소개하자 나카야마가 그녀에게 고개를 숙이며

말했다.

"고루한 집안이다 보니 아무래도 가훈이니 뭐니 귀찮은 게 많습니다."

"아니요, 저는 괜찮지만……."

A코가 B코를 힐끔 보고 나서 말을 계속했다.

"일이 너무 급작스럽게 진행돼서 무척 놀랐어요."

"만나자마자 프러포즈를 받았다고 했더니 놀라더라고요."

B코가 옆에서 재미있다는 듯이 말했다.

"아, 네, 뭐, 그러실 수도 있을 겁니다."

나카야마도 B코처럼 재미있다는 듯이 웃었다.

"그런데 야, 이거 마미코 씨의 친구 분이라 그런지 정말 아름다우시군요. 시끄러운 저희 친척들도 입을 다물 수밖에 없겠어요."

"저, 오늘은 어디로 가는 거죠?"

A코가 겸연쩍어하며 묻자 "저희 집으로 갈 겁니다."라고 나카야마가 대답했다.

"벌써부터 다들 모여 있긴 합니다만, 크게 신경 쓰실 건 없습니다. 겉으로는 엄숙해 보이지만 속은 텅텅 빈 사람들뿐이니까요. 잠깐 식사하고 이야기를 나눠 주시면 됩니다. 질문이 많겠지만, 적당히 대답하시고요."

"그 점은 염려 마세요."

B코가 자기 가슴을 툭툭 두드렸다.

"이 친구랑 빈틈없이 입을 맞춰 두었거든요. 오늘 하루, 멋지게 요조숙녀를 연기해 보일게요."

"그렇게 말씀하시니 든든하군요."

그가 또 하얀 이를 보이며 웃었다.

벤츠 옆에는 그의 운전사가 충견마냥 대기하고 있었다. 그는 세 사람이 다가가자 재빨리 차 문을 열었다.

실례하겠습니다, 하고 차에 올라타던 A코의 눈이 운전사와 마주쳤다. 금테 안경이 충직함을 한층 돋보이게 하는 얼굴이었다. 하지만 A코는 뭔가 마음에 걸리는 게 있었다.

"왜 그렇게 못마땅한 표정이야?"

뒤이어 탄 B코가 그녀를 보며 물었다.

"저 운전사, 어디선가 본 기억이 있어."

A코가 B코의 귀에 대고 속삭였다.

"틀림없어. 어디서 봤는지는 기억나지 않지만."

그러자 B코가 고개를 끄덕였다.

"그렇지? 나도 그렇게 생각했어. 어디서 봤을까?"

그리고 그녀는 고개를 갸웃했다.

하지만 나카야마가 차에 올라타는 바람에 더는 밀담을 나눌 수 없었다.

나카야마의 집은 한적한 고급 주택가에 있었다. 무사 가문의 저택이 무대인 역사극의 세트로도 손색이 없겠다 싶을 정도의 건물로, 긴 담장이 둘러쳐져 있고 그 안으로 소나무가 울창했다. 지붕에 덮인 기와로 보아 상당히 연륜이 있는 듯했다.

차에서 내려 현관으로 걸어가자 쉰쯤 되어 보이는 퉁퉁한 여자가 안에서 나왔다. 기모노 차림의 그녀가 상냥한 미소를 지어 보였다.

"가정부 마사 씨예요. 오래전부터 이 집에서 일하고 있죠."

나카야마가 소개하자 마사는 공손하게 고개를 숙이며 B코 일행을 맞이했다.

그녀들이 안내된 곳은 정원이 내다보이는 방이었다. 복도를 지나오는 동안 먼저 와 있던 친척들이 두런거리는 소리가 들리다가 한순간에 뚝 끊겼다. 마사가 손님이 왔다고 알린 듯했다.

나카야마가 앞장서고 뒤이어 B코, A코의 순으로 방에 들어갔다. 시선이 일제히 그녀들에게 쏠렸다. 움직이면 와삭, 소리가 들릴 것만 같은 시선이었다.

열 평 정도 크기의 방에 방석이 죽 깔려 있고 스무 명 정도의 남녀가 그 위에 앉아 기다리고 있었다. 하나같이 거무칙칙한 복장을 한 것은 친족 회의 때의 규칙인지도 몰랐다.

나카야마가 인사를 하는 동안에도 그들의 시선은 두 여자에게 향해 있었다. A코는 당사자가 아니다 보니 굳이 그 시선을 피할 이유가 없었으므로 사람들을 똑바로 바라보았다. 자세히 살펴보니 그다지 위엄 있어 보이는 얼굴들은 아니었다. 어느 편이냐 하면, 동네에서 흔히 보는 아줌마, 아저씨 같은 인상이다. 어떤 너구리, 여우들이 모여 있을까, 하고 긴장했던 A코는 다소 맥이 빠지는 기분이었다. 그들 중에는 딩황한 표정으로 A코와 B코를 번갈아 보는 멍청하게 생긴 할아버지도 있었다. 아마 어느 쪽이 나카야마의 신부 후보인지 몰라서일 것이다.

'좀 뜻밖이네.' 하고 생각하면서 A코는 옆에 있는 B코를 곁눈질했다. 그녀도 고개를 든 채 등을 꼿꼿이 세우고 있었다. 입가에 미소를 머금을 정도로 여유가 있어 보였다.

"그럼 소개하겠습니다."

나카야마의 입에서 평소와는 다른 목소리가 흘러나왔다. 그가 B코를 향해 돌아섰다.

"이 사람이 저와 결혼할 후지 마미코 씨입니다."

소개받은 B코는 일단 가슴을 한번 젖히고 나서 공손하게 머리를 숙였다.

식사가 준비되자 친척들이 젓가락질을 하면서 자기소개를 했다. 대개는 조그만 회사를 경영하거나 농협에 관계된 사람들이었다.

"아, 그러니까, 마미코 씨는 어느 학교 출신인가요?"

한 차례 소개가 끝나자 특이한 사투리를 쓰는 아저씨 하나가 술을 따라 주려고 B코 쪽으로 다가와서 물었다.

"네, 저…… 가쿠슈인을……."

B코가 대담하게 거짓말을 한다. 이왕 거짓말을 할 거면 화려하게 하자고 말을 맞추어 두긴 했었다.

사투리 아저씨가 깜짝 놀라는 표정을 지었다.

"오호, 왕실 분들과 같은 학교를?"

B코가 오호호, 웃자 아저씨는 "거참, 아깝네." 하면서 물러갔다.

그 후로도 아줌마와 아저씨 몇 명이 B코에게 이런저런 질문을 했다. 아버지 직업은 뭐냐, 고향은 어디냐 등등. 아버지는 궁내청 소속 공무원, 태어나기는 아시야에서 태어났지만 자란 곳은 부촌으로 유명한 덴엔초후라고 대답했다. 아줌마 아저씨들은 "이야!" 하거나 "그래?" 하면서 눈을 휘둥그렇게 떴다.

"B코, 너무 지나치지 않아?"

A코의 귀띔에도 B코는 태평한 얼굴로 "괜찮아. 애초에 철저히 기를 꺾어 놓는 게 승부의 기본이야."라고 대답했다. 나카야마 역시 그녀의 그런 모습을 재미있다는 듯이 지켜보기만 했다.

간혹 A코에게도 와서 술을 따라 주는 친척이 있었다. 그런 사람들은 회사에서 B코의 평판이 어떤지 물었다. 그러면 A코는 미리 입을 맞춰 둔 대로 "성적이야 물론 우리 중에서 단연 일등이었죠. 훈련 시절에도 교관의 칭찬을 독차지했어요. 저는 늘 그녀에게서 배우는 입장이에요."라고 대답할 수밖에 없었다.

술잔이 오가면서 취기가 돌기 시작하자 친족 회의는 평범한 연회로 변하고 말았다. 잠시 숨을 돌리고 싶었던 A코는 그 방을 빠져나와 정원으로 향했다.

소나무 숲에 둘러싸인 정원은 손질이 잘되었다기보다 자연을 그대로 두었다는 인상이 강했다. 조그만 연못도 하나 있었는데 그 주위에 놓인 돌들도 인공적인 냄새가 전혀 없었다. 지면을 빽빽이 뒤덮은 이끼에서는 호젓한 정취가 느껴졌다.

"하야세 씨……라고 했죠?"

뒤에서 누가 불쑥 말을 걸었다. 돌아보니 A코보다 조금 더 나이가 들어 보이는 여자가 미소를 지으며 서 있었다. 긴 머리에 얼굴이 갸름한 미인이다. 친척들 속에 섞여 앉아 있다가 도중에 자리를 뜬 모양이다. 자기소개를 할 때 나카야마의 사촌이라고 했던 기억이 났다.

"오빠가 정말 좋은 사람을 찾아서 데려왔더군요."

연회가 벌어지고 있는 방을 힐끗 돌아보고 나서 그녀가 말했다.

"저런 분이라면 친척들도 납득······할 테고요."

여자의 말투에서 미묘한 가시를 느낀 A코는 대꾸하지 않았다.

"나 말이에요."

여자가 다시 말했다.

"오빠를 좋아했어요. 아주 옛날부터요. 오빠도 그런 사실을 알았을 테지만 결국은 맺어지지 못했죠. 오빠 쪽에 문제가 있다고 여겼는데 아무래도 제가 잘못 알았나 봐요."

"······."

"오빠는 굉장히 착실한 사람이에요. 여자 따위에는 관심 없다는 듯이 늘 공부나 스포츠에 열심이었죠. 아마 아버지가 엄격한 분이라서 그랬을 거예요. 그런 오빠가 나를 바라보도록 만드는 게 꿈이었는데, 보기 좋게 당했네요, 댁 친구한테."

"먼저 고백하지 그러셨어요?"

A코가 과감하게 말해 보았다. 여자는 미소를 머금은 채 맥없이 고개를 저었다.

"그런 문제가 아니에요. 그쪽은 잘 모를 테지만요. 어쨌거나 마미코 씨에게는 절로 머리가 숙어지네요. 대체 어디서 오빠 눈에 들었대요?"

"비행기에서요."

A코가 대답했다. 그리고 중매석에서 만나게 된 자세한 경위를 들려주었다. 나카야마의 사촌은 몹시 흥미가 이는 눈치였다.

"그럼 한눈에 반했다는 건가요?"

"그런가 봐요."

"흠……."

그녀가 다소 의아해하는 표정을 짓더니 "오빠가 여자에게 한눈에 반했다는 건 뜻밖인데요."라고 말했다.

"뭔가가 통한 거 아닐까요?"

"그래요, 그런지도 모르겠네요."

그리고 그녀는 돌아서서 천천히 그 자리를 떠났다.

연회도 어느덧 막을 내리고 마지막으로 나카야마가 인사를 했다. 그는 마미코의 어깨에 손을 얹고 좌중을 향해 말했다.

"제 약혼녀를 마음에 들어 하시는 것 같아 무척 기쁩니다. 느닷없이 말씀드려 송구스럽지만, 저희는 2주 후에 식을 올릴 예정입니다. 둘이서만 어딘가의 교회에서요. 그러고는 당분간 미국에 가서 살려고 합니다. 돌아오는 건 몇 년 후가 되겠죠. 여러분, 그때까지 안녕히 계십시오."

4

"대체 어떻게 된 일이야?"

아파트로 돌아오자마자 A코가 B코를 붙들고 늘어졌다.

"미국에 간다는 얘기는 못 들었는데."

"그야 그렇겠지."

B코는 여전히 태연했다.

"내가 말을 안 했으니까."

"왜 말하지 않았어? 그런 줄 알았으면……."

"도와주지 않았을 거라고?"

B코가 밑에서 얼굴을 들이대듯이 A코를 봤다. A코는 그 눈길을 외면하며 "아니, 뭐, 꼭 그런 건 아니지만……." 하고 우물거렸다.

그녀가 안절부절못하는 모습을 보며 B코는 풋, 웃음을 터뜨렸다. 그리고 손을 휘휘 내저으며 "농담이야, 농담. 전부 다 농담이야."라며 깔깔거렸다.

"농담이라고?"

A코가 미간을 찡그렸다.

"그래, 농담이야. 감쪽같이 속여서 미안한데, 여러 가지로 사정이 있었어. 나카야마 씨와 결혼하겠다는 것도 미국에 간다는 것도 전부 사실이 아니야."

그리고 B코는 소파에 몸을 던지더니 손발을 쫙 뻗으며 외쳤다.

"아, 재미있어!"

"그러니까, 다 거짓말이었단 말이야?"

A코가 소리를 꽥 질렀다.

"그럼 오늘 모임은 뭐였어, 그것도 가짜야?"

"그건 진짜지. 친척들도 진짜였고. 농담한 사람은 나랑 나카야마 씨뿐이야."

"농담 같은 소리 하고 있네!"

A코가 버럭 소리를 지르자 그 서슬에 B코는 한쪽 눈을 움찔 감았다.

"왜 그랬는데? 진짜 장난친 거면 가만두지 않을 테야!"

"그렇게 화만 내지 말고 앉아서 내 얘기 좀 들어 봐."

B코가 태평한 말투로 A코에게 의자를 권했다. A코는 팔짱을 낀 채 입을 비죽거리며 B코가 가리키는 의자에 앉았다.

"전에도 말했지만, 나카야마 씨는 재산이 많아서 친척이란 친척은 모두 그 사람을 자기네 딸이랑 결혼시키고 싶어 한대. 그런데 그 사람은 아직 결혼할 마음이 없다는 거야."

"그러면 그렇다고 밝히면 되잖아."

"그랬는데도 좀처럼 포기하지 않나 봐. 그래서 위장 결혼 연극을 꾸미기로 한 거야."

"그러니까, 너랑 결혼한 후에 곧장 미국으로 간다고?"

"응. 그러면 친척들도 포기할 테니까."

"나 참, 어이가 없네."

A코는 두통을 가라앉히겠다는 듯이 관자놀이를 꾹 눌렀다.

"그런데 왜 나한테 말하지 않았어? 나까지 속일 필요는 없잖아."

그러자 B코가 혀를 쏙 내밀고 헤헤거렸다.

"적을 속이려면 아군부터 속이라고 하잖아. 그리고 말이야, 항상 너만 인기가 있으니까 한번 역전된 기분을 만끽하고 싶기도 했어."

"바보같이……."

화낼 기력조차 없는지 A코가 목을 축 늘어뜨렸다. 그리고 커다랗게 한숨을 쉰 뒤 "나카야마 씨는 왜 너를 선택했을까? 그럴 목적이었다면 좀 더 그럴듯한 여자를 데려가지 않고."라고 말했다.

"아니, 그게 무슨 뜻이야?"

안 그래도 동그란 B코의 뺨이 빵빵하게 부풀었다.

"그 사람에게는 내가 이상적인 여성에 한없이 가까웠어. 설사 연극일지라도 그런 여자를 고르는 게 인지상정이잖아."

"인지상정?"

A코가 황당하다는 표정으로 B코를 바라보다가 다시 중얼거리듯이 말했다.

"그건 그렇다 치고, 아무래도 좀 이상해. 오늘 모인 친척들 말이야, 아무리 봐도 그렇게 욕심쟁이들 같지 않았거든."

5

그런 소동이 벌어진 날로부터 열흘 후, 두 사람의 아파트로 엽서 한 장이 날아왔다. 거기에는 다음과 같은 글이 적혀 있었다.

지난번에는 성가신 일을 부탁드려 죄송했습니다. 덕분에 친척들이 안심하고 돌아갔습니다.

그때 발표한 대로 아래와 같이 결혼식을 올릴 예정이니 참석해 주시면 더없이 감사하겠습니다.

그리고 아래쪽에 있는 약도에 교회의 위치가 표시되어 있었다.

"어떻게 된 거야, 이거?"

A코가 B코에게 엽서를 보여 주면서 고개를 갸웃거렸다. B코도 "이상하네." 하고 중얼거렸다.

"혹시 나카야마 씨가 정말 나랑 결혼하려는 건가?"

"설마 그럴 리가……."

A코가 약도를 보니 결혼식 장소는 아파트에서 그리 멀지 않았다.

"아무튼 가 보면 알겠지."

그녀의 말에 B코도 고개를 끄덕였다.

두 사람이 교회에 도착하자 예식이 이미 시작되었는지 파이프 오르간을 연주하는 소리가 들려왔다. 창문으로 교회 안을 들여다본 B코가 "틀림없는데. 나카야마 씨가 결혼식을 올리고 있어."라고 말했다.

"상대는?"

"모르겠어, 잘 안 보여. 하객은 아무도 없는데? 역시 단둘이 올리나 봐."

"지금 들어가는 건 실례겠지? 여기서 기다리자."

둘은 교회 출입구 주변에서 신랑 신부를 기다리기로 했다.

잠시 후 B코가 "어, 끝났나 봐." 하고 말했다. 그녀는 줄곧 창문으로 교회 안을 들여다보고 있었다.

잠시 후 문이 열리더니 턱시도 차림의 나카야마와 웨딩드레스를 입은 신부가 나타났다.

A코와 B코를 본 나카야마가 흐뭇하게 웃음을 지으며 "아아, 역시 와 주셨군요."라고 말했다.

"그럼요, 와야죠."

그렇게 말하면서 A코는 신부를 봤다. 그리고 저도 모르게 "아니!" 하고 소리를 질렀다.

"B코랑 꼭 닮았잖아……."

"어머, 정말이네."

B코 본인도 놀라서 말했다. 나카야마는 히죽거리면서 신부 쪽을 보고 "그뿐이 아니죠. 두 분 다 이 사람을 본 기억이 있지 않습니까?" 하고 물었다.

그 말에 신부 얼굴을 빤히 바라보던 A코가 그만 입을 쩍 벌리고 말았다.

"아니, 그, 우, 운전사?"

"설마……."

B코도 신부에게 다가가 그녀를 뚫어져라 바라봤다. 그리고 이번에는 뒷걸음질을 치며 눈을 화들짝 떴다.

"운전사 다무라 군입니다. 사실 저희는 몇 년 전부터 서로 사랑하는 사이었어요. 하지만 세상이 저희 같은 관계를 인정해 주지 않아 지금까지 내내 숨겨 왔습니다. 그런데 제가 여자에게 관심을 보이지 않자 걱정이 된 친척들이 어떻게든 저를 결혼시키려고 하더군요. 누구나 자유로운 방식으로 살 권리가 있으니 그냥 내버려 두면 좋으련만 그러지 않았어요. 그래서 짜낸 묘안이 여자와 위장 결혼을 하는 것이었습니다. 마미코 씨를 속인 일은 면목이 없지만, 친척들을 속인 진짜 목적은 이거였어요. 여자와 결혼한다고 하자 그들도 안심하는 눈치더군요."

아하, 그렇게 된 일이구나, 하고 A코는 그제야 납득했다. 그녀의 짐작대로 친척들이 욕심쟁이는 아니었던 것이다. 그리고 그날 정원에서 마주친 여자가 했던 말의 의미도 이해할 수 있었다. 그녀는 나카야마가 동성애자라는 사실을 알고 있었던 것이다.

"그럼 둘이서 미국으로?"

안 그래도 큰 눈을 더 크게 뜨고 B코가 묻자 나카야마는 고개를 끄덕거렸다.

"미국은 일본보다 생각이 깨어 있잖아요. 게다가 그를 그녀로 만들 필요도 있고요."

"네에? 그럼 성전환을 한다는 말인가요?"

B코가 얼이 빠진 듯한 소리로 물었다.

"언젠가는 일본으로 돌아와야 할 텐데, 남자인 상태로는 곤란한 일이 많지 않겠어요? 게다가 그도 여자가 되기를 원하고요. 저 역시 그러면 여자가 되더라도 사랑할 수 있습니다."

"하……."

"그랬구나."

A코가 느닷없이 손뼉을 쳤다.

"그래서 B코를 선택했군요. 운전사 분이 B코랑 꼭 닮아서요."

"그렇습니다."

나카야마가 대답했다.

"비행기에서 처음 봤을 때, 이 사람 외에는 없겠다고 생각했죠. 그가 성전환을 한다면 틀림없이 마미코 씨를 빼닮은 모습일 겁니다. 거기에 세월이 몇 년 흐르면 어르신들은 알아보지 못하겠죠."

B코가 웨딩드레스 차림의 운전사에게 눈길을 돌렸다. 누군가와 닮았다고 생각했는데 그 누군가가 바로 자신이었던 것이다.

눈이 마주치자 그가 속눈썹을 붙인 눈으로 미소를 지어 보였다. B코는 등골이 오싹했다.

"그럼 시간이 없어서 이만 실례하겠습니다."

두 남자는 교회 옆에 세워 둔 벤츠에 올라탔다. 운전석에 나카야마가 앉고 조수석에는 운전사가 앉았다.

"행복하세요."

A코가 손을 내밀자 나카야마는 기쁜 표정으로 그 손을 잡았다. 이어서 B코도 그와 악수를 나눴다.

잠시 후 벤츠가 천천히 움직이기 시작했다. 그런데 10미터쯤 가다가 멈추더니 나카야마가 창밖으로 얼굴을 내밀었다.

"마미코 씨."

부르는 소리에 그녀가 달려가자 나카야마가 말했다.

"여러 가지로 고마웠습니다. 이 세상 여자 중에 당신만큼 제 신부로 어울리는 사람은 없을 겁니다."

"……"

"그럼 안녕히 계십시오."

벤츠가 다시 움직이기 시작했고 이번에는 멈추지 않았다.

그 뒷모습을 눈으로 좇던 B코가 중얼거렸다.

"이 세상 여자 중에……란 말이지."

그 말의 의미를 B코는 그제야 깨달았다.

길동무 미스터리

1

19시 50분 후쿠오카 출발, 21시 20분 도쿄 도착 비행 편.

그 남자가 비행기에 올라탔을 때 신일본 항공 승무원 A코, 즉 하야세 에이코는 어머나, 하는 표정으로 남자의 얼굴에 시선을 고정했다.

안면이 있는 남자였기 때문이다.

흰머리가 약간 섞인 머리를 반듯하게 옆으로 가른 그 남자도 "아!" 하는 모양으로 입술을 움직이고 나서 뒤쪽으로 걸음을 옮겼다. 남자도 A코를 알아본 것이다.

승객 전원이 탑승을 완료한 후 A코는 동료인 B코에게 "'도미야'의 주인이 탔어."라고 귀엣말을 했다.

"뭐, 그 유명한 과자 가게 '도미야' 주인 말이야? 어디 앉았는데?"

B코가 주위를 두리번거렸다.

"왼쪽 뒤에서 두 번째 자리. 회색 양복 입은 남자."

A코가 가리키는 쪽을 본 B코가 "어머, 그러네." 하고 중얼거렸다.

"그런데 어쩐지 기운이 없어 보이는걸. 가게 매상이 시원치 않아서 그런가?"

"설마 그렇겠어? 피곤한 모양이지."

그러고서 A코는 웃었지만, 아닌 게 아니라 남자의 표정에서 생기가 느껴지지 않았다.

'도미야'는 후쿠오카 시내에 있는 전통 과자 가게다. 단순히 과자만 파는 가게가 아니라 안쪽에 있는 다실에서 말차까지 맛볼 수 있는 곳이다. 다도에 관심이 있는 A코는 후쿠오카에 머무는 날이면 종종 B코와 함께 그 가게를 찾곤 한다. 말차를 싫어하는 B코는 전통 과자만 덥석덥석 베어 물었지만.

아무튼 그런 사연으로 그녀들은 가게 주인과 안면이 있었다.

무사히 후쿠오카 공항을 이륙한 비행기가 어느덧 수평 비행에 들어갔다.

승객들에게 사탕을 나눠 주면서 통로를 지나가던 A코는 과자 가게 주인 앞에 이르자 "여행 가세요?"라고 슬쩍 말을 걸어 보았다.

멍하니 창밖을 바라보던 과자 가게 주인이 화들짝 놀란 듯이 등을 쭉 펴고 그녀를 보았다.

"아, 아니요."

그는 고개를 저은 후 손에 쥐고 있던 손수건으로 이마를 훔쳤다.

"대학 동창회가 있어요. 도쿄에서 대학을 나왔거든요."

그 말에 A코는 고개를 끄덕이고 나서 "동창회가 오늘 저녁인가요?"라고 또 물었다.

과자 가게 주인은 이번에도 고개를 저었다.

"동창회는 내일이지만, 도쿄에 오랜만에 가는데 느긋하게 지내다 오는 게 어떻겠냐고 아내가 권하더군요. 그래서 오늘 가기로 한 겁니다."

"그러시군요."

미소를 지어 보인 A코가 그의 옆을 통과하려 할 때였다. "아, 잠깐만요." 하고 이번에는 그가 그녀를 불렀다. A코는 미소를 머금은 채 그를 돌아보았다.

"식사라도 같이하면 어떨까요?"

과자 가게 주인이 약간 머뭇거리며 말했다. 예기치 못한 제안에 A코는 당황한 표정을 보이고 말았다. 그 탓인지 그가 "그저 식사만 같이해 주시면 됩니다."라고 변명하듯이 덧붙였다.

"혼자 먹자니 따분할 것 같아서요."

그 말에 A코는 조금 전의 미소 띤 얼굴로 되돌아가며 고개를 살짝 왼쪽으로 기울였다.

"아쉽지만 오늘 밤에는 처리해야 할 업무가 남아 있어요."

물론 거짓말이었다. 남자 승객이 만남을 청할 경우 그녀는 늘 이런 식으로 거절해 왔다. B코가 들으면 "아이고, 아까워

라. 나 같으면 잔뜩 얻어먹을 텐데."라고 말할 테지만.

"네⋯⋯. 그렇다면 할 수 없죠, 뭐."

그는 다소 아쉬운 듯이 웃어 보이더니 다시 창밖으로 눈길을 돌렸다. 그 옆얼굴이 A코의 눈에는 그녀에게 식사를 청한 것을 후회하고 있는 것처럼 보였다.

그녀가 과자 가게 주인과 대화를 나누는 동안 B코는 잡지와 신문을 들고 비행기 앞쪽 통로를 걸어가고 있었다.

"저기요⋯⋯."

서른이 좀 안 되어 보이는 여자가 그녀에게 말을 걸었다. 눈이 커다랗고 머리가 긴 여자는 햇볕에 살짝 그을린 피부 때문에 큰 눈이 한층 강조되어 보였다.

"하마마쓰초에 호텔이 있을까 모르겠네요."

여자가 물었다. 하마마쓰초는 공항에서 출발하는 모노레일의 종점이다. B코는 잠시 생각하다가 "네, 있어요."라고 대답했다. 그리고 S호텔 이름을 말해 주었다. B코 자신은 이용한 적이 없지만 친구가 그 호텔에 묵었다고 했던 기억이 떠올랐던 것이다.

"그래요? 그럼 나도 거기 묵을까⋯⋯."

여자가 마치 혼잣말처럼 중얼거리더니 다시 B코를 올려다보며 고맙다고 인사했다.

그런 일이 있은 후 A코와 B코는 갤리(비행기 주방)에서 마주

쳤지만 두 사람 다 조금 전에 있었던 일을 말하지 않았다. 늘 그렇듯이 B코가 "있잖아, 오늘 저녁에는 뭘 먹으러 갈까?" 하고 먹는 얘기를 꺼냈을 뿐이다.

비행기는 하네다 공항을 향해 순항했다.

2

S호텔은 JR선 하마마쓰초역과 시바 공원의 딱 중간에 있었다.

오래된 7층짜리 건물로, 벽돌색인 벽면은 칙칙하게 색이 바래 있다. 프런트는 2층. 프런트 앞에 있는 로비나 천장에 매달린 샹들리에도 꽤나 구닥다리다. 그래도 공항에서 오는 손님이 매일 밤 몇 명씩은 묵는다.

그런 S호텔에서 변사체가 발견된 것은 A코와 B코가 후쿠오카발 도쿄행 비행기를 탄 다음 날의 일이었다.

"마음을 좀 가라앉히고 처음부터 다시 말해 봐요."

경시청 수사 1과의 가사이는 아직 앳된 티가 남아 있는 호텔 보이의 얼굴을 똑바로 바라보며 말했다. 사건이 발생한 방 앞에서였다. 옆에서는 관할 서 형사가 메모할 준비를 하고 있었다.

밝은 빨간색 유니폼을 입은 나가모토라는 보이는 "그러니까," 하고 또 한 번 침을 꿀꺽 삼켰다.

"그게, 시간이 지났는데도 손님이 좀처럼 체크아웃을 안 하니까 과장님이 저더러 가서 상황을 살펴보라고 했거든요."

"과장이라면, 다카노 씨를 말하는 거죠?"

가사이는 윤곽이 뚜렷한 얼굴을 보이 옆에 서 있는 깡마른 남자에게로 향했다. 그가 바로 프런트 과장인 다카노다.

"저희 호텔은 체크아웃 시간이 11시입니다."

다카노가 깔끔하게 빗질한 머리를 살짝 숙이며 말했다.

"점심때가 다 되었는데도 514호실과 520호실 손님이 내려오지 않아서 방으로 전화를 해 보았습니다. 그런데 어느 쪽도 받질 않더군요. 그래서 나가모토 군에게 어떤 상황인지 가서 보고 오라고 했습니다."

"나가모토 씨는 먼저 514호실로 갔고요?"

가사이의 말에 보이가 고개를 끄덕거렸다.

"노크를 했는데도 아무 반응이 없어서 문을 열었죠."

"그리고 시신을 발견했나요?"

보이가 계속 고개를 끄덕였다.

"설마 그런 일이 일어났을 줄은 꿈에도 몰랐어요."

그랬겠죠, 라고 말하고 나서 가사이는 앞에 있는 방문을 가리켰다.

"문은 잠겨 있었나요?"

"아니요. 잠겨 있지 않았어요."

가사이는 고개를 끄덕인 후 다시 한 번 문손잡이 주위를 살펴보았다. 요즘 호텔치고는 드물게 오토 도어 록이 아니다.

"그럼 문을 연 이후의 상황도 설명해 주시죠."

나가모토는 또 침을 꿀꺽 삼키고 나서 다시 천천히 이야기를 시작했다. 그에 따르면……

문을 여는 순간 실내 분위기가 이상하다고 느꼈다. 점심때가 다 되었는데 커튼이 모두 닫혀 있었던 것이다. 짐은 전혀 정리되어 있지 않았고, 출입문 바로 왼쪽에 있는 욕실은 불이 켜진 채 문이 열려 있었다.

나가모토는 손님이 외출했다가 아직 돌아오지 않았나 보다 생각했다. 그리고 혹시나 싶어 욕실을 들여다봤는데, 거기에 사체가 나동그라져 있었다. 그것도 2구씩이나.

기겁을 한 나가모토는 가까스로 전화기가 있는 곳까지 가서 프런트에 사건을 알렸다.

"죽은 두 사람 말인데요."

가사이가 다시 프런트 과장에게 시선을 옮겼다.

"남자는 514호실에 있던 도미타 게이조 씨, 여자는 520호실에 있던 호리이 사키코 씨. 틀림없나요?"

"틀림없습니다."

과장 다카노는 얼굴이 하얗게 질린 채 대답했다. 아마도 시신을 떠올렸을 것이다.

시신들은 피범벅이었다.

호리이 사키코는 가슴에 과일칼이 꽂힌 채 욕실 입구에 쓰러져 있었다. 상처에서 흘러나온 피로 그녀의 얇은 스웨터가 검붉게 물들어 있었다.

도미타 게이조는 욕조에 기대듯이 숨겨 있었다. 욕조에 물이 가득 차 있었는데 그 물 역시 붉게 물들어 있었다. 왼쪽 손목이 동맥이 절단된 채 물속에 잠겨 있었기 때문이다.

"두 사람 모두 어젯밤에 체크인 했다면서요?"

가사이가 다카노에게 물었다.

"그렇습니다. 비슷한 시간에 체크인 한 것으로 기억합니다."

"같이 온 건 아니고요?"

"네, 같이 오지는 않았습니다. 그리고 도미타 씨는 사전에 예약을 했지만 호리이 씨는 예약하지 않고 그냥 왔습니다."

"두 사람이 같이 있는 모습은 보지 못했습니까?"

그 질문에 프런트 과장은 고개를 갸웃하면서 "글쎄요."라고 대꾸했다.

"사이드 테이블 위에 커피 잔이 두 개 놓여 있던데, 그건 이 호텔 물건입니까?"

"1층에 'BRICK'이라는 카페가 있습니다. 거기에 룸서비스를 부탁한 게 아닐까 싶습니다."

"그렇군요."

다카노와 나가모토에 대한 참고인 조사가 일단락되자 가사이는 방으로 돌아왔다.

"남자 쪽 손목 말인데요."

도수 높은 안경을 낀 감식반 요원이 가사이에게 다가와 말했다.

"상처로 보건대, 여자를 찔렀던 칼로 그은 것 같더군요. 다른 흉기는 발견되지 않았고요."

"그렇다면 남자의 손목을 긋고 나서 여자를 찔렀다는 얘기인데."

"그런 것 같습니다. 칼을 조사해 보면 좀 더 확실한 것을 알게 될 겁니다."

"정황으로 보면 남자 쪽은 자살인데 말이야."

"해부 결과를 봐야겠죠. 여자에 대해서는 아직 뭐라 말하기 힘듭니다. 육안으로 보기에는 타살 가능성이 짙지만, 스스로 찌를 수 없는 위치는 아닙니다."

"양쪽 모두 자살이라면 동반 자살로 봐야겠군. 그렇지만 남자 쪽은 손목을 그었는데 여자는 가슴을 찔렀다는 게 어쩐지……"

"그건 알 수 없습니다. 요즘에는 여자들이 오히려 배짱이 두

둑하거든요."

그 말에 가사이가 쓴웃음을 지으면서 "지문은?" 하고 물었다.

"이미 채취했습니다. 칼에는 여자 쪽 지문만 있더군요. 그런데 마음에 걸리는 점이 하나 있습니다. 커피 잔 말인데요, 그중 하나는 지문이 지워져 있었습니다."

"그래?"

"나머지 하나는 지문이 남아 있었고요. 도미타 게이조의 지문으로 보입니다."

"커피는 남아 있지 않았겠지?"

"네, 두 잔 모두 비어 있었습니다."

흐음, 하며 가사이는 다시 고개를 갸웃거렸다.

그는 1층 카페로 가서 514호실에 커피를 배달했다는 웨이터를 만났다. 하얀 반소매 셔츠를 입은 호리호리한 젊은이였다.

"어젯밤 10시쯤이었어요. 남자 손님이 전화로 주문을 해서 514호실에 커피 두 잔을 가져갔습니다."

"그때 방 안쪽 모습은 보이지 않았나요?"

"보이지 않았어요. 노크를 하니까 문이 20센티미터 정도 열리더니 손님이 문틈으로 얼굴을 내밀고 커피를 쟁반째 받아갔거든요."

"안에 사람이 있는 기척은요?"

그러자 웨이터는 팔짱을 끼고 미간을 잔뜩 찡그렸다.

"소리는 들리지 않았지만, 남자의 거동으로 보아 안에 사람을 숨기고 있었던 것 같아요."

가사이는 웨이터에게 고맙다고 말한 후 카페를 나와 다시 현장으로 돌아갔다.

죽은 두 사람의 신원은 금방 밝혀졌다. 도미타 게이조는 후쿠오카 시내에 있는 전통 과자 가게 '도미야'의 주인으로 나이는 45세. 아내와 고등학교 2학년인 딸이 있었다. 학생 시절의 친구들을 만나려고 도쿄에 온 듯했다. 그의 가방에서 그 사실을 뒷받침하는 동창회 통지문이 발견되었다.

호리이 사키코는 후쿠오카에 사는 회사원으로 나이는 서른. 회사는 모 속옷 메이커로, 직장에 문의해 보니 어제와 오늘 이틀간 휴가를 냈다고 한다. 도쿄에 온 이유는 불명. 후쿠오카의 아파트에서 혼자 살았고, 현재 가족에게 연락을 취하는 중이었다.

"치정에 얽힌 사건으로 보는 게 타당하지 않을까요?"

관할 서의 젊은 수사원이 가사이에게 말했다.

"현장 상황으로 미루어 남자가 여자를 찌르고 나서 자신의 손목을 그어 자살한 게 아닐까 싶은데요."

"그랬다면 칼이 바닥에 떨어져 있어야겠지."

가사이가 수염을 깔끔하게 민 턱을 비비며 말했다.

"나이프가 여자 몸에 그대로 꽂혀 있었다는 건 남자 손목을 먼저 그었다는 뜻이야."

"하긴 그렇군요. 그럼 그 반대일지도 모르겠네요. 여자가 남자를 죽인 후에 자살한 거죠. 그러고 보니 여자는 호텔을 예약하지 않았다고 하던데, 여자 쪽이 후쿠오카에서 남자를 쫓아왔는지도 모르겠습니다.

"물론 그렇게 추정할 수도 있겠지만……."

가사이는 고개를 갸웃했다. 동반 자살이라……. 그렇다면 여자 쪽도 손목을 그었어야 하지 않을까.

3

그날 밤, 소파에 앉아 텔레비전을 보던 A코와 B코는 S호텔 사건이 뉴스에서 나오자 자리에서 벌떡 일어났다.

"아니, '도미야' 주인이?"

소리친 쪽은 A코였다. 그녀로서는 어제 그를 만난 참이라 더 놀라웠을 것이다.

하지만 그 직후 B코가 A코보다 한 톤 높은 목소리로 "믿을 수 없어!"라고 외쳤다. 텔레비전 화면에 죽은 여자의 얼굴이 비치고 있었다.

"나, 저 여자도 알아. 어제 후쿠오카에서 오는 비행기에 탔거든. 나한테 말을 걸어서 기억해. 이를 어째. 끔찍하다."

"그럼 둘이서 같은 비행기를 탔다는 얘기잖아."

A코는 앵커의 멘트에 귀를 기울였다. 그에 따르면 경찰에서는 두 사람의 관계를 확인하는 데에 힘을 쏟고 있다고 한다. 치정에 얽힌 사건으로 보는 견해가 우세한 듯했다.

"하지만 두 사람이 약속하고 도쿄에 온 건 아니야."

텔레비전을 끈 후 A코가 말했다.

"실은 어제 '도미야' 주인이 식사를 같이하자고 했거든. 만약 여자와 함께 왔다면 그럴 리 없잖아. 그러니까 '도미야' 주인은 실제로 동창회에 참석하러 왔고 여자 쪽에서 그를 쫓아온 거 아니겠어?"

"흐음……, 하지만 같은 비행기에 애인이 탄 사실을 모를 수 있을까? 대합실에서 얼굴이 마주쳤을 가능성도 있잖아."

"알았지만 일부러 무시했을 수도 있지."

"그런가……."

석연치 않다는 표정으로 고개를 갸웃하던 B코가 "아!" 하고 소리를 질렀다.

"왜 그래?"

"이제야 생각이 났는데, 비행기에서 그 여자가 나더러 하마마쓰초에 호텔에 있느냐고 물었어. 만약 '도미야' 주인을 뒤쫓아 왔다면 그런 걸 물었겠어?"

"그래서 너는 뭐라고 대답했어?"

"물론 있다고 했지. S호텔 이름을 알려 주면서……."

거기까지 말하고 그녀가 하품이라도 하듯이 입을 쩍 벌렸다.

"그러네! 내가 알려 주어서 그녀가 S호텔에 묵은 거야."

A코가 미간을 찌푸리고 생각에 잠겼다.

"만약 그게 사실이라면……."

"무슨 말이야? 사실이라니까."

"그렇다면 '도미야' 주인과 그 여자가 같은 비행기를 탄 것도, 또 S호텔에 묵은 것도 단순한 우연은 아니라는 얘기네."

"응. 우연이 그런 식으로 겹칠 리 없어."

B코는 고개를 두세 번 가로저었다.

"그래, 그럴 수는 없지."

A코는 테이블에 턱을 괴고 '도미야' 주인의 사람 좋아 보이는 얼굴을 떠올렸다. 그러나 그에게 애인이 있었다는 사실이 그녀로서는 납득하기 어려웠다.

사건 발생 다음 날, A코가 비행을 마치고 객실 승무원실로 돌아와 보니 형사 둘이 그녀를 기다리고 있었다. 비행 대기 중이던 B코와 객실 과장 엔도도 함께였다. 엔도의 얼굴이 어두워 보이는 이유는 골치 아픈 일이 생길 때마다 B코가 연루되는 탓일 것이다.

"어제 S호텔에서 일어난 사건 때문에 오셨다는군. 사망한 두 사람이 그저께 우리 비행기를 이용한 것 같다면서 말이지. 그 일로 그 비행기에 탔던 자네들에게 질문할 게 있대."

그리고 엔도는 두 형사를 소개했다. 나이가 든 쪽은 경시청 수사 1과의 가사이, 젊은 쪽은 야마모토라고 했다.

엔도가 도망치듯 자리를 뜬 후 A코와 B코는 손님 접대용 의자에 앉아 형사들과 마주했다.

가사이는 우선 사진을 두 장 보여 준 후 거기 나온 인물들을 본 기억이 있느냐고 물었다. 예상대로 호텔에서 죽은 두 사람이었다. A코와 B코는 서로 얼굴을 마주 본 다음 형사에게 고개를 끄덕였다. 그리고 도미타 게이조와는 아는 사이라고 말했다.

"마침 잘됐군요."

가사이의 입가가 살짝 벌어졌다.

"실은 이 두 사람이 비행기 안에서 어땠는지 묻고 싶어서 왔습니다. 예를 들어 둘이 친밀하게 굴었다든가 말입니다. 어땠습니까?"

A코는 다시 한 번 B코를 바라 보고 나서 "저, 어제 뉴스에서 두 사람이 애인 사이였던 것처럼 말하던데, 정말 의외라고 생각했어요."라고 대답했다.

순간 가사이의 눈이 빛난 것처럼 보였다.

"그러니까 그 말은, 전혀 애인 사이로 보이지 않았다는 뜻인가요?"

"네. 애인처럼 행동하기는커녕, 자리도 서로 떨어진 데다 말 한마디 나누는 모습을 보지 못했어요."

"오호, 그럼 완전히 남남처럼 보였단 말이죠?"

"그랬어요. 게다가……."

"게다가, 뭐죠?"

A코는 비행기에서 도미타가 저녁을 같이 먹자고 제안했던 일을 형사에게 말했다. 적어도 도미타 쪽은 여자와 함께 여행한다는 의식이 없었다는 말을 하고 싶었던 것이다.

"저, 그리고 말이죠,"

형사들이 A코의 말에 귀 기울이는 모습을 보고 자신도 질 수 없다고 생각했는지 B코가 끼어들었다. 물론 그녀의 증언은 호리이 사키코가 호텔에 대해 물었다는 내용이었다.

"그러니까 그녀가 S호텔에 묵은 건 전적으로 우연이라고 생각합니다."

B코가 콧구멍을 벌름거리며 말했다.

가사이는 그 얘기에도 상당히 흥미가 이는 눈치였다.

"그렇군요. 두 분 얘기로 유추해 봐도 그 두 사람이 애인 사이였다고는 생각하기 어렵겠군요."

"형사님도 그 점에 의문을 품으셨어요?"

A코가 물었다. 아까부터 형사의 질문에서 그런 느낌이 묻어

났기 때문이다.

그녀의 예상대로 형사는 고개를 끄덕이면서 "부자연스러운 점이 많아서요."라고 대답했다.

"특히 호리이 사키코라는 여자 주변을 조사해 보고 그렇게 느꼈습니다. 특정 남성과 교제한 흔적이 없더군요. 도쿄에 온 이유도 은사의 장례식에 참석하려는 목적인 듯했습니다. 그녀의 소지품에서 염주도 나왔고요."

그렇다면 호리이 사키코가 도미타를 쫓아왔을 가능성도 없다고 봐야 한다.

"도미타 씨 부인은 뭐라고 하던가요?"

A코의 질문에 가사이는 사뭇 의외라는 표정을 보였다. A코의 말투가 사건에 관심을 가진 듯이 느껴졌기 때문일 것이다. 그녀는 살짝 미소를 지으며 "아니, 그게……, 사실 저희가 '도미야'에 자주 가기 때문에 부인과도 안면이 있거든요. 그리고 그 부부를 떠올리면 주인아저씨에게 애인이 있었으리라고는 생각하기 힘들어서요."라고 설명했다.

가사이는 '아아' 하고 수긍하는 듯한 입 모양을 했다.

"아닌 게 아니라 도미타 게이조 씨 주변 사람들에게 들으니 부부 사이가 좋아서 도미타 씨가 바람을 피웠을 것 같지는 않다고 하더군요. 다만, 부인 얘기로는 남편이 바람을 피운다는 걸 어렴풋이 눈치채고 있었답니다."

"부인이 알고 있었다고요?"

A코와 B코는 다시 얼굴을 마주 보았다. 몇 번이나 '도미야'
에 갔지만 부부 사이에 찬바람이 분다고 느낀 적은 단 한 번
도 없었기 때문이다.

형사가 고개를 끄덕였다.

"어제 부인에게 직접 들었습니다. 남편에게 애인이 있는 것
같았다고요. 그런데 도미타 씨가 조만간 애인과 헤어지겠다고
약속했답니다. 상대 쪽에서 받아들일지는 알 수 없다고 단서를
달기는 했지만 말이죠."

"그럼 헤어지자고 했다가 잘못되어 동반 자살을 했다는 얘
기인가요?"

무심코 말이 튀어나왔다는 듯이 B코가 물었다.

"그렇게 볼 수 있겠죠. 하지만 좀 전에도 말씀드렸듯이 도미
타 씨와 호리이 사키코 씨가 애인 사이였다고 단정하기에는
의문점이 너무 많습니다."

4

다음 날은 A코와 B코가 모두 쉬는 날이었다. 오랜만에 쇼
핑이라도 하러 가기로 했는데, 아침이 되자 A코가 다른 제안

을 했다.

"S호텔에?"

토스트를 입안 가득 우물거리면서 B코가 되물었다.

"응. 상황을 좀 보고 올까 싶어서 말이야."

"그 사건 때문에? 웬일이래, 네가 호기심을 다 보이고. 원래 그런 일은 내 전매특허잖아. 무슨 바람이 분 거야?"

"바람은 무슨. 어쩐지 마음에 걸려서 그래. 그날 도미타 씨가 내게 저녁을 먹자고 했잖아. 만약 내가 승낙했다면 상황이 달라졌을지도 모르니까."

아니, 분명 달라졌을 거라고 A코는 속으로 생각했다. 아마 도미타 씨가 죽는 일도 없었을 것이다.

"그렇게 말하니까 나도 괴롭네."

B코가 토스트를 꿀꺽 삼킨 뒤 살짝 한숨을 쉬었다.

"호리이 사키코 씨에게 S호텔을 가르쳐 준 사람이 바로 나 잖아. 유족이 알면 얼마나 원망스럽겠어."

"그러니까 가서 좀 보자는 얘기야. 어쩌다가 승객 둘이 한방에서 죽었는지 단서를 잡을 수 있을지도 모르잖아."

"그래, 그러자."

B코가 천천히 고개를 끄덕였다. 그러면서 그녀는 또 토스트로 손을 뻗었다.

호텔 종업원에게 얘기를 듣자면 아무래도 손님인 편이 유리하겠다 싶어 두 사람은 트윈 룸을 하나 예약했다. 프런트 직원은 머리를 단정하게 옆으로 가른, 그야말로 호텔맨 분위기의 아담한 남자였다.

"이 호텔에서 며칠 전에 동반 자살 사건이 있었다면서요?"

A코가 숙박계에 사인을 하는 동안 B코가 넌지시 물어보았지만, 프런트 직원은 얼굴 근육 하나 움직이지 않았다. 아마도 입단속을 시켰을 것이다.

"그 후에 밝혀진 게 있나요?"

B코는 아랑곳하지 않고 그를 물고 늘어졌다.

하지만 프런트 직원은 "그 사건에 대해서는 말씀을 드리기가 좀……." 하고 고개를 숙이더니 옆에 있던 보이에게 그녀들을 안내하라고 지시했다. 두 사람은 일단 물러설 수밖에 없었다.

안내된 객실은 616호실이었다. 보이의 안내에 따라 둘은 엘리베이터를 탔다.

"손님들, 혹시 잡지사에서 나오셨어요?"

6층 버튼을 누른 후 보이가 물었다. 프런트에서 그들이 나누는 대화를 들은 모양이다.

"그런 게 아니라, 돌아가신 분과 조금 아는 사이라서요."

대답하면서 A코는 시신을 발견한 사람이 호텔 보이라는 사실을 떠올렸다.

"혹시 댁이 시신을 발견했다는……."

A코의 말에 보이는 해맑은 미소를 지으며 "네, 맞아요. 나가모토라고 합니다. 그날은 얼마나 놀랐는지 몰라요."라고 대꾸했다. 그러는데 엘리베이터가 6층에 도착했다.

"돌아가신 분들이 여기 묵었을 때 얘기를 나눈 적이 있나요?"

보이를 따라 걸으면서 B코가 물었다.

"안내할 때 뭔가 말을 했겠지만 기억이 나지 않습니다."

"그럼 체크인 이후로 시신이 발견될 때까지 두 사람을 본 일이 없었다는 얘기군요?"

A코가 묻자 종업원은 고개를 끄덕하고 나서 "그렇죠."라고 대답했다.

"다만, 여자 손님의 모습은 얼핏 본 기억이 있어요. 아마 5층 엘리베이터 홀이었던 것 같은데, 쓰레기통에서 뭔가를 줍는 것 같았어요."

"쓰레기통에서요?"

"네. 아, 제게 그렇게 보였다는 뜻입니다. 그때 제가 계단을 뛰어 내려가던 참이라 잘못 봤는지도 몰라요."

나가모토의 말투가 신중했다.

그러나 A코는 그가 착각하지 않았을 거라는 느낌이 들었다. 그리고 만약 호리이 사키코가 쓰레기통에서 뭔가를 주웠다면 문제는 그게 무엇이냐는 것이었다.

나가모토가 안내해 준 방은 구식이기는 해도 짜임새 있게 꾸며진 트윈 룸으로, 창문으로 도쿄 타워가 곧장 내다보였다.

A코는 욕실을 들여다보았다. 양변기가 놓여 있고 그 안쪽으로 욕조가 있었다. 도미타는 왼쪽 손목을 욕조에 담근 채, 호리이 사키코는 가슴에 칼이 꽂힌 상태로 쓰러져 있었다는데, 그 정확한 위치는 잘 모르겠지만 남녀가 동반 자살할 장소로 선택하기에는 어울리지 않는 느낌이었다.

"나 같으면 이런 데서 죽지 않겠어."

B코가 말했다.

"까딱하다가 변기에 얼굴이라도 처박으면 꼴사납잖아."

"얘는, 더럽게."

"그건 그렇고 우리, 514호실에 가 볼래?"

B코가 제안했다.

"그래, 현장 검증부터 해야지."

A코도 동의해 둘은 방을 나섰다.

하지만 말이 현장 검증이지, 객실 안으로 들어갈 수조차 없었다. 결국 사건이 발생한 방 앞에서 서성거리는 게 전부였다.

그런데 그때 갑자기 방문이 열렸다. 꺅, 소리를 지르면서 B코가 A코를 부둥켜안았다.

"아, 승무원 분들이시군요."

그녀들과는 대조적으로 차분히 모습을 드러낸 사람은 경시청 형사 가사이였다.

"승무원들이 탐정 일도 겸합니까?"

커피를 한 모금 마시고 나서 가사이가 물었다. 그의 권유로 세 사람은 1층에 있는 카페 'BRICK'으로 자리를 옮겼다. A코와 B코는 고개를 숙인 채 빨대로 주스만 빨아올렸다.

"뭐, 그렇게 긴장하실 거 없습니다. 그보다, 실은 그날 밤 도미타 씨가 이 카페에 커피 두 잔을 방으로 가져다달라고 주문했습니다. 그리고 현장에는 빈 커피 잔 두 개가 테이블에 놓여 있었고요. 그런데 웬일인지 잔 하나에는 도미타 씨의 지문이 묻어 있었는데 나머지 하나는 지문이 말끔히 닦여 있었단 말입니다."

"지문이요?"

A코가 고개를 들며 반문했다.

"네. 이상한 일 아닙니까? 이 카페 종업원의 지문조차 남아 있지 않았으니, 누군가 닦아 냈다고 볼 수 있거든요."

지문을 닦아 냈다는 얘기를 들었을 때 A코의 머리에 맨 먼저 떠오른 생각은 역시 타살이 아닐까 하는 것이었다. 범인이 지문을 없애고 도주하는 일은 추리 소설에서는 흔하디흔한 장치이다.

"그러나 현재까지는 호리이 사키코 씨와 도미타 씨가 동반 자살했다고 보는 견해가 유력합니다."

가사이가 A코의 속마음을 읽기라도 한 것처럼 말했다.

"도미타 씨의 체내에서 수면제 성분이 검출되었는데, 그게 아무래도 커피에 들어 있었던 것 같거든요. 게다가 사키코 씨 가슴에 꽂혀 있던 칼을 조사한 결과, 도미타 씨의 혈액이 검출되었어요. 그래서 도미타 씨가 잠든 다음 사키코 씨가 기회를 보아 그의 손목을 긋고 자신도 목숨을 끊지 않았나 싶은 거죠."

"사키코 씨가 도미타 씨의 애인이었다는 증거가 있나요?"

B코의 물음에 형사는 씁쓸한 표정으로 고개를 저었다.

"아니요. 도미타 씨의 부인은 남편에게 애인이 있었다고 주장하는데, 그걸 뒷받침할 만한 증거를 찾지 못했습니다."

"저, 이건 그냥 제 생각일 뿐인데요."

A코는 아까부터 머릿속에 맴돌던 생각을 털어놓기로 했다.

"타살로 보기는 힘들까요? 예컨대 범인이 도미타 씨를 살해할 목적으로 찾아와 수면제를 먹이고 그의 손목을 그었다, 그런데 그곳에 호리이 씨가 나타나자 우발적으로 그녀까지 살해했다, 그렇게 말이에요."

그러면 커피 잔의 지문이 지워져 있었던 것도 설명이 가능하다.

가사이는 감탄스럽다는 듯이 그녀의 얼굴을 바라보며 천천히 고개를 끄덕였다.

"설득력 있는 추리군요. 실은 그랬을 가능성도 염두에 두고 있습니다. 다만 제삼자에 의한 타살로 간주할 경우 반드시 해결되어야 할 문제가 있습니다."

"도미타 씨와 사키코 씨의 관계 말이죠?"

B코가 물었다.

"그렇습니다. 그 문제를 해결하지 않고서는 한 걸음도 앞으로 나아갈 수 없습니다. 그리고 동기가 무엇이었느냐는 점도 문제고요."

거기까지 말한 후 가사이는 컵의 물을 한 모금 마시고 어딘가 먼 곳을 바라보는 듯한 눈빛을 했다. 그리고 잠시 후 새삼 정색하며 A코와 B코를 돌아보았다.

"도미타 씨의 부인을 안다고 하셨죠?"

"아, 네……."

대답하면서 A코는 B코를 슬그머니 바라보았다.

"어떤 분입니까? 두 분이 느낀 대로 솔직히 말씀해 주시면 됩니다."

"어떤 사람이냐면……."

A코가 우물쭈물하자 "아주 좋은 분이에요." 하고 B코가 딱 잘라 말했다.

"상냥하고 친절하고, 심지도 굳고요."

"흠, 그래요?"

가사이는 그렇게만 대꾸하고 또 물을 마셨다. 그의 태도에 신경이 쓰인 A코가 용기를 내어 물었다.

"저, 혹시 도미타 씨의 부인을 의심하고 있나요?"

그 질문에 가사이가 놀랐는지 움찔하면서 그녀의 얼굴을 바라보았다.

"역시 그렇군요?"

"아니요. 그 정도는 아닙니다."

그는 분명하게 선을 그었다. 오해를 불러일으켜서는 안 되겠다는 의지가 느껴졌다.

"이건 비밀입니다만, 두 분을 믿고 말씀드리겠습니다. 실은 도미타 씨가 거액의 생명 보험에 들어 있었습니다."

"생명 보험에요, 아아, 그래요?"

B코는 그제야 납득이 간다는 듯이 짝, 손뼉을 쳤다.

"부인이 그 보험금을 받도록 되어 있는 모양이군요. 그래서 의심하는 거구나……"

A코가 형사의 얼굴을 보니 그도 긍정하는 눈빛이었다.

"3억 엔입니다."

"헉."

"그것도 두 달 전에 계약했더군요. 이런 경우 보험 살인을 의심하는 것이 수사의 상식입니다. 다만 뒷조사를 해 보니 부인에게는 완벽한 알리바이가 있는 데다 어느 모로 보나 살인을 저지를 만한 사람 같지는 않더군요."

"당연하죠. 그러니까 그런 얼토당토않은 의심은 당장 거두세요."

B코가 힘주어 말하자 "저희도 그 추리는 타당성이 별로 없다고 생각합니다."라고 가사이도 동의했다.

"게다가 이번 사건으로 부인이 보험금을 받을 수 있을지 없을지도 아직 모릅니다. 아주 미묘한 상황이거든요."

"무슨 뜻이죠?"

A코가 물었다.

"아실는지 모르지만, 생명 보험에 가입한 지 1년 이내에 자살했을 경우에는 보험금이 나오지 않습니다. 그러니까 이번 사건이 동반 자살, 즉 양자 합의하에 자살한 것으로 판명될 경우 보험금이 지급되지 않겠죠."

"보험금을 노린 살인이라면 그런 상황을 만들지 않았을 거라는 말씀이죠?"

"그렇습니다. 그보다 좀 더 확실하게 타살로 위장했겠죠. 그리고 그건 그다지 어려운 일도 아닙니다."

A코가 또다시 가사이 형사를 만난 것은 사건 발생일로부터 열흘이 지나서였다. 둘은 하네다 공항에서 우연히 마주쳤다.

"후쿠오카에 가려는 참입니다."

형사가 말했다.

"어머, 몇 시 비행기로요? 저도 오늘 후쿠오카행 비행기를 타는데요."

그러나 가사이가 탈 비행기는 A코가 타는 비행기 바로 전 출발 편이었다.

"'도미야'에 가서 도미타 씨 부인에게 직접 얘기를 들어 볼 생각입니다."

A코에게는 그의 말투가 퍽 의미심장하게 들렸다.

"뭔가 진전이 있었나요?"

"아니요, 진전이랄 것까지는 없습니다. 다만 아무래도 보험금이 신경 쓰여서요. 그 후로 '도미야'에 관해 조사해 본 결과 상당액의 빚이 있다는 사실을 알아냈습니다."

"'도미야'에 빚이 있어요?"

A코는 의외라고 생각했다. 언제 가도 그 가게는 위엄이 있고, 위기 따위는 전혀 느껴지지 않았기 때문이다.

"그처럼 전통이 있는 가게는 과감하게 합리화를 꾀하기가 어렵다고 하더군요. 게다가 전통을 유지하는 데도 돈이 상당히 든답니다."

그리고 가사이는 손목시계를 들여다보며 자리에서 일어섰다. 탑승 시간이 다 되었던 것이다.

"도미타 씨와 호리이 사키코 씨의 관계는 밝혀졌나요?"

헤어지면서 A코가 묻자 형사는 돌아서며 어깨를 으쓱했다.

"그 두 사람은 아무런 관련이 없습니다. 생판 남남이라는 얘기죠."

가사이가 탄 비행기 바로 다음 편으로 A코와 B코도 후쿠오카에 도착했다. 그날 밤은 후쿠오카에서 묵을 예정이었다. 다시 말해 느긋하게 시내 구경을 할 수 있다는 얘기다.

하지만 둘은 '도미야'로 직행하기로 했다. 가사이가 무슨 얘기를 했는지 듣고 싶기도 했고, A코 자신도 도미타의 부인—이름이 사나에라고 했다—에게 확인하고 싶은 일이 있었기 때문이다.

"확인하고 싶은 일이 뭔데? 좀 가르쳐 주면 어때서 그래."

A코를 따라나선 B코가 뾰로통한 얼굴로 물었다. A코 혼자만 뭔가를 아는 것 같아 기분이 상한 것이다.

"아, 그게, 호리이 사키코 씨가 쓰레기통에서 주운 것 말이야."

"아니, 그걸 알아냈단 말이야? 그게 뭔데?"

"그건 '도미야'에 도착한 다음에 알려 줄 테니 기대해."

"뭐야, 젠체하고. 치사하게……."

안 그래도 동그란 B코의 얼굴이 더욱 동그래졌다.

'도미야'는 좁은 골목을 사이에 두고 오래된 집들이 죽 늘어선 곳에 있었다. 두 사람이 들어서자 기모노 차림의 도미타 사나에가 안에서 나와 얼굴 가득 상냥한 미소를 지어 보였다.

"어서 와요. 오랜만이네요."

도무지 열흘 전에 남편을 잃은 아내 같지 않은 목소리로 그녀가 말했다. B코가 그녀를 심지가 굳은 사람이라고 표현했는데 정말 딱 맞는 말이라고 A코는 생각했다. '도미야'가 지금까지 굳건한 것도 그녀 덕분일 것이다.

"저, 사장님 일은 얘기를 들었어요. 정말 뭐라고 말씀드려야 할지……."

A코의 말에 사나에는 손을 휘휘 내저었다.

"그 얘기는 이제 안 해도 돼요. 다 끝난 일인걸요."

그리고 사나에는 둘을 안쪽에 있는 다실로 안내했다. 다실이라고는 해도 다다미방이 아니라 의자에 앉도록 되어 있어서 다리가 저릴 염려는 없다.

여주인이 손수 끓여 준 말차를 마시며 A코와 B코는 '도미야'의 특제 전통 과자를 각각 두 개씩 먹었다.

"한 잔 더 드릴까요?"

사나에가 묻자 A코는 "차는 괜찮고, 그 대신 여쭤볼 게 좀 있는데요." 하고 대답했다. 무심한 듯이 말할 작정이었는데 말투가 굉장히 딱딱해지고 말았다.

"혹시 오늘, 경찰이 찾아오지 않았나요?"

사나에의 표정에는 거의 변화가 없었다. 여전히 상냥한 눈길로 A코를 바라보면서 평온하게 말했다.

"아는 분인가요?"

"네, 이번 사건으로 얘기를 나눌 기회가 있었어요."

그리고 A코는 도미타가 탔던 비행기에 자신들이 탔던 일과 그 후에 있었던 복잡한 사정들을 얘기해 주었다.

"그랬군요. 거참, 묘한 우연이네요."

사나에의 얼굴에는 여전히 미소가 드리워 있었다. 심하게 침착하네, 하고 A코는 생각했다.

"형사가 와서 뭘 물어보던가요?"

지나친 참견이라는 걸 알면서도 A코가 물었다. 한편으로 어쩌면 그녀가 기분을 상할지도 모르겠다고 생각했다.

그러나 그녀는 고개를 약간 갸우뚱할 뿐이었다.

"별다른 건 없었어요. 지금까지 있었던 일을 확인한 정도랄까……. 형사님이 자못 실망하는 눈치더군요. 그야 어쩔 수 없는 일이죠."

'그럴 리 없어.'

A코는 생각했다. 고작 그동안의 일을 확인하러 가사이가 일부러 여기까지 찾아올 리 없었다. 그 역시 진상을 눈치챘고, 그걸 밝히려고 왔을 것이다.

"사모님."

A코가 사나에를 불렀다. 스스로 생각하기에도 의외일 만큼 침착한 목소리가 나왔다. 사나에가 함초롬한 시선으로 A코를 보았다. 그 눈을 마주 보면서 A코는 말을 이었다.

"혹시 사장님이 자살한 것 아니냐, 형사가 그렇게 묻지 않던가요?"

그제야 사나에의 얼굴에서 표정이 사라졌다. 그리고 얇은 천이 휙 드리운 듯한 표정이 되었다가 이내 다시 미소 띤 얼굴로 되돌아왔다. 그러나 여전히 어딘가 모르게 긴장감이 엿보였다.

"남편은,"

그녀가 천천히 입술을 움직였다.

"그 여자에게 살해당한 거예요."

"그게 아니죠."

A코가 등을 꼿꼿하게 펴며 말했다.

"그 반대예요. 사장님이 그 여자를 살해했어요."

옆에서 B코가 헉, 숨을 삼키는 소리가 들렸다.

"사장님이 가게 빚 때문에 고민하던 끝에 그걸 자신의 생명 보험금으로 갚기로 했던 것 아닌가요? 이제 와서 하는 말이지만, 그날 저녁 비행기에서 뵌 사장님은 뭔가 모르게 절박한 느낌이었어요."

그래서 마지막으로 누군가와 함께 식사를 하고 싶었던 것이다, 라고 A코는 지금 생각한다.

"그럼 자살하러 도쿄에 가셨단 말이야?"

B코가 옆에서 조심스럽게 물었다. 사나에는 말없이 자신의 손바닥만 내려다보고 있었다.

"그래. 한데 자살이라는 사실이 알려지면 보험금을 받지 못하니까 타살로 보이도록 일을 꾸미셨던 거지. 카페에 커피를 두 잔 주문한 이유나 잔 하나에만 지문이 남아 있었던 이유도 모두 살인자가 함께 있었다고 암시하려는 거였어."

"그럼 수면제도?"

"그렇지. 사장님이 스스로 커피에 넣어 마신 거야. 그리고 왼쪽 손목을 칼로 그은 다음 스스로 욕조에 담갔어."

"그러니 경찰이 타살을 의심했던 것도 무리가 아니었구나."

고개를 약간 숙인 채 말하던 B코가 갑자기 얼굴을 번쩍 들었다.

"그런데 호리이 사키코 씨는 왜 그 일에 말려들었지?"

"문제는 그거야."

A코가 대답했다.

"사실 도미타 사장님은 장치를 하나 더 마련해 두었어. 방 열쇠 말이야. 열쇠를 방 바깥에 버린 다음 안에서 문을 잠근 거지. 그렇게 하면 범인이 방문을 잠그고 도주하다가 열쇠를 버린 것처럼 보이잖아. 그 열쇠를 버린 곳이 바로 예의 쓰레 기통이야."

"호리이 씨가 뭔가를 주웠다는 쓰레기통 말이지?"

자초지종을 알게 되어서인지 B코의 말투에서 열기가 느껴 졌다.

"응. 그렇게 해서 만반의 준비를 마친 도미타 사장님은 자살 을 시도했어. 그런데 바로 그때 예기치 못한 일이 일어났지. 낯선 여자가 방으로 들어온 거야."

"호리이 사키코 씨였구나."

"그녀가 우연히 쓰레기통에서 열쇠를 발견한 거야. 그래서 주인에게 돌려주려고 그 방으로 찾아갔겠지. 노크를 했지만 아무 반응이 없자 방 안에 열쇠를 두고 나가려고 문을 열었 어. 도미타 씨는 깜짝 놀랐겠지. 설마 누가 열쇠로 문을 따고 들어올 줄은 꿈에도 생각지 못했을 테니까. 그 열쇠는 자신이 죽은 후에 발견되어야 하는 건데 말이지."

"만약 목숨을 건지게 되면 경찰의 조사를 받을 것이고, 그러 면 결국 보험금을 노린 사기극이었다는 사실을 자백하지 않 을 수 없을 테고……."

"도미타 씨가 그 순간에 거기까지 생각했는지는 모르겠지만, 아무튼 그대로 놔둘 수는 없다고 생각했겠지. 그래서 최후의 수단으로 호리이 씨를 살해한 거야. 그리고 그녀의 숨이 끊어지자 칼에 묻은 지문을 닦아 낸 다음 그녀 손에 쥐여 줘서 지문을 묻히고 자신은 다시 욕조에 왼손을 담근 채 쓰러진 자세를 취했지. 그렇게 해서 생판 남남인 두 사람이 호텔 객실에서 함께 죽어 있는 상황이 벌어진 거야."

이야기를 마친 A코는 사나에의 눈치를 살폈다. 그녀는 여전히 자신의 가느다란 손가락만 물끄러미 내려다보고 있었다. 마치 두 젊은 여자 사이에 오간 대화를 듣고 있지 않았다는 듯이. 물론 그럴 리는 없었다.

A코는 숨을 고른 후 "어떻게 생각하세요?"라고 물어보았다.

"사장님은 자살하신 게 아닐까요?"

그러자 사나에가 오른손을 쓱 움직여 하나로 모아 올린 자신의 머리를 쓰다듬었다. 뭐라고 말을 꺼내야 할지 망설이는 것처럼 보였다.

"남편의 유서가."

마침내 그녀가 입을 열었다.

"남편의 시신이 발견된 날 아침에 우편으로 날아왔어요. 집을 나선 직후에 속달로 보낸 것 같아요. 자살한 이유는 설명 드리지 않아도 되겠죠?"

사나에의 기에 압도된 A코가 고개를 끄덕였다.

"저는 그 여자가 어떻게 죽었는지는 모릅니다. 어쩌면 하야세 씨가 말씀하신 대로일지도 모르죠. 하지만 죽은 이유 따위는 아무래도 상관없었어요. 그보다 제게 중요한 일은, 남편은 자살한 게 아니라 살해당했다고 주장하는 것이었어요."

"그래서 사장님에게 애인이 있었던 것 같다고 거짓말을 하셨군요."

그러자 사나에는 눈을 내리깔며 "그이에게 애인을 사귈 만한 용기가 있었다면 가게 운영도 좀 더 잘했을지 몰라요."라고 말했다.

"가사이 형사도 그 점을 눈치챈 거죠?"

"네. 그분도 거기 앉아서 긴 시간 사건의 진상을 설명해 주셨어요. 그리고 내일도 오신다고 하셨죠. 어쩌면 모레도 오실지 몰라요."

"그런데도 부인은 유서에 대해 입을 다물고 계실 작정인가요?"

사나에가 입가에 쓸쓸한 미소를 머금었다.

"물론입니다. 남편이 목숨을 버리면서까지 지키려고 한 '도미야'인걸요. 저도 목숨을 걸고 지켜 내 보려고요."

그리고 그녀는 싱긋 웃더니 A코와 B코를 번갈아 보았다.

"그러니까 두 분도 방금 하신 얘기를 경찰에는 하지 마세요."

A코와 B코는 얼굴을 서로 마주 본 후 고개를 끄덕였다.

"네, 얘기하지 않을게요."

그제야 사나에는 안도의 표정을 지었다.

"말차 한 잔 더 드시겠어요?"

그녀가 물었다.

"네, 감사합니다."

A코는 자세를 반듯하게 고쳐 앉았다.

아주 중요한 분실물

1

14시 20분 도쿄 출발, 16시 5분 아오모리 도착 YS11 기내에서.

신일본 항공 승무원 하야세 에이코, 통칭 A코가 그것을 발견한 것은 기체가 이륙한 지 한 시간 정도 지났을 무렵이었다.

오늘의 승객은 모두 스물일곱 명으로 정원의 절반이 조금 넘는 정도여서 A코는 동료인 B코, 즉 후지 마미코와 사뭇 여유로운 기분으로 근무하고 있었다.

그것은 기내 맨 뒤쪽 화장실에 떨어져 있었다.

'이게 뭐지?'

A코는 좁은 화장실에서 허리를 굽혀 그것을 주웠다. 하얀 봉투였다. 봉투 앞면이 아래로 향한 채 떨어져 있었는데 뒷면에는 아무것도 쓰여 있지 않았고 누가 밟았는지 발자국이 어렴풋이 남아 있었다.

'손님이 떨어뜨렸나 봐.'

그런 생각을 하며 봉투를 뒤집어 앞면을 본 순간 그녀는 하마터면 봉투를 떨어뜨릴 뻔했다.

거기에는 작은 글씨로 '유서'라고 적혀 있었다.

2

"어쩌다 이렇게 흉측한 걸 주웠어? 러브 레터라면 몰라도."

B코는 안 그래도 동그란 눈을 더 동그랗게 뜨며 말했다. 그 눈에는 호기심이 가득했다.

"이걸 어쩐담……."

A코가 미간을 찡그리며 속삭이듯 말했다.

"모른 체할 수는 없잖아. 어떻게든 이걸 떨어뜨린 손님을 찾아야 하는데."

"안내 방송을 하면 어때?"

여전히 속 편한 소리를 하는 B코에게 A코가 인상을 팍 썼다.

"방송해서, 뭐라고 하라는 거야. 화장실에 유서를 떨어뜨리신 분, 제가 보관하고 있습니다, 그런 말이야?"

"그럼 안 되나?"

"당연하잖아. 생각이 있니, 없니?"

"봉투에 이름은 안 적혀 있어?"

"그러니까 문제지."

"그럼 열어서 내용물을 보자. 안에는 틀림없이 이름이 적혀 있을 거야."

말을 끝내기도 전에 B코는 벌써 봉투로 손을 뻗었다. 입구를 풀로 붙이지 않은 봉투는 금방이라도 편지지가 빠져나올 것 같았다. 하지만 그러기 직전에 A코가 봉투를 낚아챘다.

"아이참, 그렇게 함부로 다루면 어떡해. 남의 프라이버시는 지켜 줘야지. 우리가 읽었다는 걸 알면 이걸 떨어뜨린 사람은 정말 끝장이라고 절망할 수도 있단 말이야."

"자살하기로 결심한 사람이 어떻게 그 이상 절망해?"

"넌 사람이 어쩜 그렇게 무딜 수가 있니."

"그럼 어떻게 하자는 거야?"

"여길 써야지."

A코가 집게손가락으로 자신의 관자놀이 부근을 가리켰다.

"머리를 쓰는 건 싫어. 배고파진단 말이야."

B코가 투덜거렸지만 그러거나 말거나 A코는 말없이 팔짱을 꼈다.

"승객은 모두 스물일곱 명. 하지만 화장실을 사용한 사람으로 한정하면 그보다 적어지겠지. 너, 화장실을 이용한 손님들 기억하지?"

승무원으로서 그 정도 일을 기억하는 건 당연하다.

"물론 기억하지. 어디 보자, 저쪽에 앉은 직장인 분위기의 여자랑 저기 인텔리 회사원처럼 보이는 남자, 그다음에 중학생으로 보이는 여학생이랑 머리 벗어진 아저씨."

"가만있어 봐. 직장인 여자 전에 중년 아줌마가 먼저 들어갔
잖아. 벨트 착용 사인이 꺼지자마자 뛰어가서 기억해."

"아, 맞다. 그랬어. 아줌마들은 늘 그런 식이라니까."

B코는 아줌마라면 넌더리가 난다는 표정을 지었다.

"그리고 여학생이랑 머리 벗어진 아저씨 사이에도 들어간
사람이 있었어. 저기 저 백발 할머니."

A코가 좌석 중간쯤을 가리키며 말했다.

"그럼 합이 여섯 명이네."

"그중에 이 봉투를 떨어뜨린 손님이 있을 거야. 어떻게든 찾
아내서 마음을 돌려야 하는데……."

"자살을 생각하는 사람은 표정만 봐도 알 수 있어. 내가 사
탕을 나눠 주면서 찬찬히 살펴볼게."

B코가 사탕 바구니를 들었다.

"기다려. 나도 같이 갈게."

A코도 그녀를 따라나섰다.

첫 번째는 직장인으로 보이는 여자였다. 머리가 길고, 옆에
서 보이는 얼굴이 상당히 예쁘다. 그녀는 창가 자리에 다리를
꼬고 앉아 울적한 표정으로 창밖 풍경을 바라보고 있었다. 비
어 있는 통로 쪽 옆 좌석에 가방이 아무렇게나 놓여 있고, 앞
좌석 밑에는 가방과 똑같은 무늬의 우산이 놓여 있었다.

B코가 A코에게 눈짓을 했다. 가능성이 높아, 그런 뜻일 것이다.

"사탕 드시겠어요?"

B코가 말을 건네자 여자가 이쪽을 힐끔 돌아보더니 사탕 한 개를 집었다. 그 순간 옅은 향수 냄새가 풍겨 왔다.

"저, 혹시 유……."

B코가 작은 소리로 말했다. 여자가 의아한 눈빛으로 B코를 바라보았다.

"아니, 저…… 유리창 밖으로 바다가 보이나요?"

여자는 창밖으로 눈을 돌렸다가 다시 B코를 바라보았다.

"안 보이는데요."

"아, 그래요? 그렇군요. 죄송합니다. 혹시나 해서요."

B코는 고개를 꾸벅거리며 그 자리를 떠났다. A코가 뒤따라오며 그녀의 엉덩이를 쿡 찔렀다. '뭐 하는 짓이야, 괜히 의심만 받잖아!'라고 말하고 싶을 터였다. B코는 어깨를 으쓱했다.

다음은 맨 끝에서 두 번째로 화장실에 들어간 은발의 노부인이었다. 나이는 일흔쯤 되었을까. 남편으로 보이는 옆자리 노인은 잠들었는지 눈을 감고 앉아 있었다. A코가 그 노인의 무릎에 담요를 덮어 주었다.

"아이고, 고마워요."

부인이 감사 인사를 했다. 지극히 부드럽고 차분한 말투다.

그다음으로 중학생으로 보이는 여학생. 짧은 치마에 하얀 카디건 차림이다. 통로 쪽 좌석에 앉아 소녀 만화를 보고 있었다. 그 만화는 기내에 비치된 것이 아니라 여학생 본인이 가져온 것이었다. 비행기가 이륙하기 전부터 이 여학생이 만화에 열중해 있었다는 걸 A코는 기억하고 있었다.

여학생 옆에는 옅은 회색 재킷을 입은 삼십 대 중반 정도의 여자가 앉아 있었다. B코가 사탕 바구니를 내밀자 그녀는 약지와 중지에 반지가 끼워져 있는 손을 뻗어 두 개를 집었다. 그리고 그중 하나를 여학생에게 내밀었지만 여학생은 만화에서 눈을 떼지 않은 채 "됐어." 한마디로 딱 잘랐다.

마지막으로 화장실을 사용했던 머리가 벗어진 중년 남자는 창으로 비행기 날개가 내다보이는 자리에 앉아 있었다. 그래서인지 바깥 풍경에는 관심이 없는 듯, 내내 스포츠 신문만 읽었다. 그는 안전벨트뿐 아니라 자신의 허리띠까지 느슨하게 푼 채 짧은 다리를 꼬고 있었는데, 다리 끝은 통로로 나와 있고 와이셔츠 자락은 벨트 위로 비어져 나와 있었다.

B코가 사탕을 권했지만 남자는 돌아보지도 않았다.

인텔리 회사원은 서른 안쪽으로 보이는 얼굴에 금테 안경을 낀 예쁘장한 남자였다. A코는 이 남자가 맨 마지막에 탑승한 승객임을 기억했다. 그는 기분이 언짢아 보이는 얼굴로 들어서서 기내를 죽 훑어본 후 자리에 앉았다. 그러는 동안 그가 한 번도 탑승권을 확인하지 않은 걸로 미루어 그 자리는 그에게 지정된 자리가 아닐 가능성이 컸다. 오늘처럼 자리가 많이 비었을 때는 어디에 앉든 크게 상관하지 않는다.

"사탕 드시겠어요?"

B코가 가까이서 말을 건네자 인텔리 회사원은 깜짝 놀란 듯 허리를 쭉 펴더니 안경을 고쳐 쓰며 자세를 바로잡았다.

"아니요, 괜찮습니다."

그러고 나서 남자가 뒤쪽을 힐끔 돌아보는 모습을 A코는 놓치지 않았다.

맨 먼저 화장실로 뛰어간 중년 여자는 친구로 보이는 동년배 여자와 수다 삼매경에 빠져서 A코와 B코가 다가가는데도 전혀 눈치채지 못했다. 그 뒷줄에 앉은 두 여자도 일행인지 중년 여자가 몸을 틀어 뒤 좌석 여자들에게 말을 걸었다. 신칸센처럼 좌석이 회전되지 않는 점이 몹시 아쉬운 듯했다.

마침내 B코가 들고 있는 사탕 바구니를 보더니 여자는 "어머, 고마워요." 하고 커다란 손으로 사탕을 한 움큼 집었다. 사탕 바구니가 거의 바닥을 드러냈음에도 여자는 그 많은 사탕을 자기 핸드백에 꾸역꾸역 밀어 넣었다. 그녀의 일행 중 한 명은 '도호쿠 지방 5일 여행'이라는 제목의 가이드북을 펼쳐 들고 있었다.

"저 아줌마가 아닌 건 확실해."

주방으로 돌아오자 B코가 중년 여자를 가리키면서 말했다.

"저 아줌마가 살아갈 기력을 잃었다면 세상에 살아남을 사람이 누가 있겠어."

"맞는 말이야. 그럼 이제 남은 사람은 다섯 명인데……."

"뭔가 단서가 없을까?"

B코가 고개를 갸웃하며 물었다.

"굳이 꼽자면 이 희미한 발자국인데."

A코가 봉투 뒷면을 B코에게 보여 주었다. 거기에는 누군가 밟은 듯한 흔적이 있었다.

"이것만으로 발자국 주인을 어떻게 찾겠어? 승객 전원의 발자국과 대조해 본다면 또 몰라도. 하지만 그럴 수는 없잖아."

"필적으로 알 수는 없을까?"

봉투 앞면에 쓰인 '유서'라는 글자를 가리키며 B코가 물었다. 파란 잉크로 쓰인 정자체 글씨가 보기 드문 달필이다.

"남은 다섯 명이 뭐라도 써 준다면 또 모르지. 하지만 어떻게 쓰게 하지?"

A코의 물음에 B코는 어깨를 으쓱했다.

"내가 그렇게 어려운 걸 어찌 알겠어."

"생각 좀……."

해 봐, 라고 말하려던 A코의 입술이 움직임을 멈췄다. 인텔리 회사원이 자리에서 일어나 뒤쪽으로 걸어오고 있었다. 또 화장실에 가려는 모양이었다. 그런데 남자는 곧장 걸어오지 않고 좌석 뒤쪽 부근에서 잠시 머뭇거리다 왔다.

"화장실을……"

남자의 말에 B코는 "네, 그리십시오." 하면서 길을 열어 주었다. 그 말투가 너무 굳어 있어서인지 남자가 묘한 표정을 지으며 지나갔다.

그런데 화장실에 들어갔던 남자가 금방 도로 나왔다. 아무리 남자가 볼일을 빨리 본다 해도 이건 너무 빠르다 싶었다. 하지만 그런 일을 가지고 승무원이 이러쿵저러쿵할 수도 없는 일이다. 남자는 헛기침을 한 번 하고 자기 자리로 돌아갔다.

"수상해……"

B코가 말했다.

"너무 빨리 나온 것 같지 않아?"

"나도 그렇게 생각해."

A코가 고개를 끄덕거렸다.

"혹시 유서를 떨어뜨린 걸 알아채고 주우러 갔던 건지도 몰라."

"어떡하지?"

"어떻게 할까?"

그때 인텔리 회사원이 좌석 등받이 위로 얼굴을 내밀었다가 쏙 들어가는 모습이 A코의 눈에 들어왔다. 이쪽을 의식하고 있음이 분명했다.

"좋은 생각이 떠올랐어."

B코가 살짝 손뼉을 치며 말했다.

"이 봉투를 통로에 떨어뜨려 보는 거야. 그럼 떨어뜨린 사람이 줍지 않겠어?"

"그건 안 돼."

A코가 한마디로 잘랐다.

"다른 사람이 주웠다가는 소동이 벌어질 거야."

"그럼 어쩌자는 거야? 이번에는 네가 아이디어를 내 봐."

"흠, 어쩐담……."

A코는 봉투를 내려다보았다. 역시 이것만으로 떨어뜨린 사람을 찾아내기는 무리일지도 모르겠다는 생각이 들었다.

"하는 수 없지. 마지막 수단이야. 시간도 별로 없으니까."

시곗바늘이 3시 30분을 가리키고 있었다. 앞으로 40분 이내에 비행기는 아오모리에 도착할 것이다. 이대로 유서의 주인을 찾지 못한다면 자살하려는 사람을 빤히 보면서 놓치는 꼴이 된다.

"내용물을 보자는 거지?"

B코가 눈을 반짝였다. A코는 떨떠름한 표정으로 고개를 끄덕였다.

"내키지는 않지만 달리 방법이 없으니까."

"처음부터 그랬으면 좋았잖아."

B코가 봉투에 바람을 후 불어 편지지를 꺼냈다. 모두 두 장이었지만 앞 장에는 아무것도 쓰여 있지 않았다.

이런 방식이 옳지 않다는 건 충분히 알지만 다른 방법이 떠오르지 않습니다.

저는 죽기로 했습니다. 제가 죽으면 슬퍼할 사람도 있겠지만, 그 슬픔도 금세 잊고 제가 이 세상에 없다는 사실에 익숙해지겠지요. 그리고 결국 모든 일이 제대로 돌아가게 되면 그때 죽어서 다행이라고 여길지도 모릅니다.

그렇다고 해서 제가 남을 위해 죽음을 선택한 건 아닙니다. 그저 제가 하고 싶은 대로 할 뿐이죠. 동정 따위는 사양하겠습니다. 어차피 우리는 모두 죽게 됩니다. 저는 그 시기를 스스로 선택한 것에 지나지 않습니다.

×월 ×일, 내리는 비를 바라보며

"잘못 짚었네."

A코가 말했다.

"이름이 없잖아."

그녀는 틀림없이 이름이 적혀 있을 것이라고 믿었던 만큼 편지 끄트머리에 오늘 날짜만 적혀 있는 것을 보자 몹시 초조해졌다. 이름이 적혀 있으면 유서의 주인을 쉽게 찾을 거라고 생각했던 것이다.

"게다가 내용도 무슨 말인지 잘 모르겠어."

B코가 입술을 뾰족 내밀었다.

"이걸로는 자살 동기를 전혀 알 수 없잖아. 이제 실마리라고는 아무것도 없어."

A코는 다시 한 번 편지지를 살펴보았다. 유서, 라고 쓰인 겉봉의 글씨와 마찬가지로 정성 들인 서체로 채워져 있었다. 편지지는 이렇다 할 특징이 없었다.

"A코."

B코가 그녀의 옆구리를 찔렀다.

"시간이 30분밖에 안 남았어."

3

A코가 조종실 문을 두드리자 곧바로 문이 열렸다. YS11의 조종실에는 어른 둘이 가까스로 앉을 만한 공간밖에 없다.

"무슨 일이지?"

왼쪽 조종석에 앉은 부조종사 사토가 다소 긴장한 표정으로 돌아보았다.

"저, 실은······."

A코가 빠른 말로 사정을 소곤소곤 설명했다. 음, 하고 기장 고즈카가 소리를 냈다.

사토와 조종을 교대한 고즈카가 돌아앉았다.

"봉투를 열어서 내용을 봤는데, 서명도 없어요."

A코는 유서를 고즈카에게 건넸다.

"당사자의 심리를 고려할 때, 소란을 일으키지 않는 게 좋을 것 같아. 일단은 아오모리 공항에 연락해서 경찰과 의논하는 게 낫겠어."

"하지만 누가 떨어뜨렸는지 모르면 경찰도 행동에 나서지 못할 거예요. 승객들을 장시간 공항에 묶어 둘 수도 없고요."

"물론 나도 다른 승객들에게 폐를 끼치고 싶지는 않지만, 이럴 경우는 어쩔 수 없지. 그러기 전에 유서의 주인공이 밝혀지면 좋겠지만 말이야."

그러고서 봉투를 내려다보던 고즈카가 봉투 뒷면을 보더니 어? 하는 표정을 지었다.

"누가 밟은 흔적이 있는데?"

"네, 맞아요."

"이 발자국 주인이 화장실에 들어갔을 때는 봉투가 이미 떨어져 있었다는 얘기로군. 아니, 어쩌면 발자국의 주인이 떨어뜨렸을지도 몰라. 아무튼 그 후에 화장실에 들어간 사람은 아니라는 말인데……."

"그야 그렇지만, 발자국의 주인을 알 수가 없어요."

"그래?"

고즈카는 다시 한 번 봉투에 시선을 준 다음 A코를 보며 알 듯 말 듯 미소를 지었다.

"머리 좋기로 유명한 하야세 씨도 신세대는 신세대군. 잘 봐, 발자국에 희미하게 무늬가 남아 있지?"

A코가 봉투를 찬찬히 들여다보았다. 그러고 보니 무늬 같은 것이 들어 있었다. 물결무늬가 생선 비늘처럼 겹쳐 있다.

"일본식 샌들 굽에는 대개 고무판을 덧대잖아. 이건 그 고무판 무늬야."

"샌들……이라고요?"

"그래. 샌들을 신은 손님이 있지 않아?"

"아!"

예의 노부인이 이내 머릿속에 떠올랐다.

"맞아요, 있어요."

"그 승객 다음으로 화장실에 들어간 사람들은 관계가 없다고 보면 돼."

"고맙습니다!"

인사말을 한 다음 A코는 조종실 문을 닫았다. 그리고 주방으로 돌아와 B코에게 기장이 한 말을 전했다.

"오호, 역시 기장님이네. 하긴 연륜이 있으니 그 정도는……."

이런 때 순순히 감탄하지 못하는 것이 B코의 성격이다.

"그래도 덕분에 범위가 좁혀졌잖아."

"그게 그렇지도 않아."

"무슨 소리야?"

"생각해 봐. 할머니 다음에 들어간 사람이 그 후줄근한 대머리 아저씨잖아. 그런 아저씨는 애당초 열외야. 그런 스타일은 죽으라고 해도 안 죽어."

A코가 중년 남자 쪽을 돌아보았다. 남자는 좌석에서 흘러내릴 것 같은 모양새로 코를 골고 있었다.

"듣고 보니 그러네."

고즈카의 예리한 지적이 별 도움이 되지 않자 A코는 낙담했다.

그때 승객 한 명이 자리에서 일어섰다. 예의 여학생이었다. 여학생은 머리를 매만지면서 이쪽으로 다가왔다.

"그렇지!"

A코가 봉투를 뒤집어 눈에 띄도록 왜건 위에 올려놓았다.

여학생은 화장실로 가지 않고 그녀들에게 다가와서 "만화 같은 건 없나요?"라고 물었다. 목소리는 어린데 말투는 성숙했다.

"아! 있어요, 있어요."

B코는 초록색 표지의 만화 잡지 세 권을 여학생에게 내밀었다. 여학생이 그것들을 쓱 훑어본 후 "읽은 것들뿐이에요. 주간지는요?"라고 물었다.

B코가 이번에는 주간지 다섯 권을 보여 주었다.

여학생은 그것들을 한 권씩 들춰 보았다. 그러는 동안 아주 잠깐 시선이 봉투로 향하는 것을 A코는 보았다. 그러나 여학생은 이렇다 할 반응을 보이지 않은 채 "이걸로 할게요."라며 여성 주간지를 집어 들었다.

"아오모리에는 여행 가니?"

여학생이 돌아서기 전에 A코가 슬쩍 물어보았다. 여학생은 잠시 생각하다가 "뭐, 그렇다고 할 수 있죠."라고 대답했다.

"엄마랑 같이 가나 봐?"

"네, 맞아요. ……주간지, 빌려 갈게요."

그리고 여학생은 자기 자리가 있는 쪽으로 돌아갔다.

그 모습을 눈으로 좇던 A코가 고개를 갸우뚱했다.

"봉투를 보고도 반응이 없네……."

"알 수 없지. 요즘 애들은 그렇게 쉽게 속내를 드러내지 않으니까."

"그렇다면 안심할 수 없겠네…… 어, 잠깐."

둘이 얘기를 나누는 사이 뒤에서 네 번째 줄에 앉아 있던 서른 살 정도의 여자가 다가왔다. 화장실에 가는가 싶었는데 그게 아니었다.

"저……"

"네, 무슨 일이시죠?"

B코가 밝은 목소리로 물었다. 여자는 손으로 입을 가리면서 객석 쪽으로 시선을 돌렸다.

"저, 좀 이상한 것 같아서요."

"네?"

"저 사람 말이에요. 제 반대쪽 좌석에 앉아 있는 여자요."

그녀가 가리키는 사람이 아무래도 예의 직장인 여자인 듯했다. A코가 있는 곳에서는 그녀의 모습이 보이지 않았다.

"어떻게 말이에요?"

B코가 묻자 여자는 말소리를 더 낮추어 소곤거리며 "울고 있는 것 같아요, 아무래도."라고 대답했다. 여자의 말을 듣고 B코와 A코가 서로 얼굴을 마주 보았다.

"아까부터 보고 있었는데, 몇 번이나 손수건으로 눈가를 훔치더라고요."

잠시 그쪽을 바라보던 A코가 여자에게 생긋 미소를 지어 보였다.

"알겠어요. 몸이 불편하신지도 모르겠네요. 감사합니다."

"괜한 참견인지는 몰라도 신경이 쓰여서요."

변명을 하듯이 말하고 여자는 자리로 돌아갔다.

"가서 보고 올게."

B코에게 말한 뒤 A코가 문제의 여사원에게 다가갔을 때였다. 앞쪽에서 누군가 자리에서 일어섰다. 아까 그 인텔리 회사원이었다.

남자는 씩씩거리며 뒤쪽으로 걸어오다가 대뜸 문제의 여사원 바로 옆자리에 털썩 앉아 A코를 어리둥절하게 만들었다.

"적당히 좀 하지 그래!"

남자가 말했다. 상당히 큰 목소리였다. 주위 사람들의 눈길이 일시에 그쪽으로 쏠렸다.

"언제까지 그렇게 토라져 있을 거야? 사람이 얘기를 하면 듣는 시늉이라도 해야지!"

계속되는 큰 소리에 앞쪽 좌석에서까지 고개를 쭉 빼고 돌아보는 승객이 있었다.

"저, 손님. 목소리를 좀 낮춰 주세요."

A코가 다급히 남자에게 말했다.

"아, 죄송합니다."

남자가 짧게 대답한 후 다시 여자 쪽으로 몸을 돌리고 말을 이어 갔다. 여자는 아무 반응을 보이지 않은 채 창밖만 바라봤다.

'일이 묘하게 되어 가네.'

A코는 생각했다. 인텔리 회사원은 아까부터 이 여자에게 신경을 쓰고 있었던 것 같다. 그래서 자꾸 뒤를 돌아보고 괜히 화장실을 오락가락했던 것이다.

그때까지 숨죽이고 있던 승객들마저 마침내 술렁거리기 시작했다. 모두들 그 남녀에게 신경이 가 있었던 것이다. 남녀의 반대편에 앉은 여자는 통로로 몸을 내민 채 귀를 쫑긋 세우고 있었다.

"알았어. 그만두자!"

남자가 벌떡 일어섰다.

"애써 대화를 나눠 보려고 한 내가 바보지. 좋을 대로 해."

그러고서 그는 성큼성큼 자기 자리로 돌아갔다. 귀를 기울이고 있던 승객 몇 명이 재빨리 목을 움츠렸다.

A코는 홍차를 따라 쟁반에 담아서 여자 회사원에게 들고 갔다. 드세요, 라며 종이컵을 내밀자 그녀는 잠시 망설이다가 컵으로 손을 뻗었다.

"죄송해요, 시끄럽게 굴어서."

눈은 빨갰지만 표정에는 다소 여유가 보여 A코는 안도했다.

"무슨 일 있으세요?"

오지랖 넓은 짓이었지만, 머릿속이 유서로 가득했던 A코는 그만 그녀 옆자리에 앉고 말았다.

"별일 아니에요."

여자가 대답했다.

"세상에 흔히 있는 일인데…… 약간 충격을 받아서요."

"충격이라니…… 무엇 때문에요?"

"저희가 지난봄에 결혼했거든요. 저는 고향이 아오모리인데 중매결혼을 해서 저 사람이 사는 지바로 갔어요. 그런데 저 사람에게 결혼 전부터 사귀던 여자가 있었나 봐요……."

눈물이 솟아오르는지 그녀가 말을 잇지 못했다. A코는 그녀가 하려는 말이 무엇인지 알 것 같았다.

"결혼 후에도 남편께서 그 여자를 계속 만났나요?"

그녀가 고개를 끄덕였다.

"친정에 재산이 꽤 있어요. 저 사람이 거기에 눈이 어두워서 저랑 결혼한 것 같아요. 그래서 너무 분하다는 생각이 들어서…… 자살하려고 했어요."

A코의 심장이 덜컥했다. 그 순간 발끝에 뭔가 닿은 것 같은 감촉을 느꼈다. 우산이었다. 그녀의 가방과 똑같은 무늬의 우산.

내가 어리석었어, 하고 A코는 생각했다. 유서에 분명하게 쓰여 있지 않았던가. '내리는 비를 바라보며' 라고. 오늘 비가 내린 지역은 한정적이다. 우산을 들고 탄 사람을 찾으면 되는 일이었는데.

"안 되죠, 그건."

A코는 진지한 눈빛으로 그녀를 바라보았다.

"그런 일로 죽다니, 너무 바보 같지 않아요?"

"저는 정말 살아갈 가치가 없다고 생각했어요. 실은 진심을 다해 유서까지 썼어요."

꿀꺽, A코가 침을 삼켰다. 그 유서는 A코 주머니에 들어 있다.

"유서를 썼다고요?"

"네. 저 사람에 대한 원망을 가득 담아서요."

원망을 가득 담았다고?

"그 유서를 어떻게 하셨나요?"

"버렸어요."

여자가 딱 부러지게 대답했다.

"원망을 글로 쓰다 보니 기분이 점차 가라앉더군요. 저런 형편없는 남자 때문에 내 인생을 포기할 이유가 없다는 생각이 들고……. 그래서 아오모리로 돌아가서 다시 시작하기로 했어요. 저 사람, 여기까지는 억지로 따라왔지만 친정까지는 못 갈 거예요."

"저, 유서를 버렸다고 하셨는데, 어디에……?"

"찢어서 쓰레기통에 버렸어요. 신혼여행 때 찍었던 사진도 같이요."

속내를 A코에게 털어놓아서 그런지 그녀는 한층 후련해 보였다.

안전벨트를 매라는 사인이 들어왔다. 기체가 천천히 하강하기 시작했다.

"분명한 건 말이지,"

A코가 말했다.

"이제 여학생이나 할머니, 둘 중 하나라는 거야."

"여학생이야."

B코가 단정적으로 말했다.

"그 또래 아이들은 고민이 많잖아. 하지만 할머니는 여태도 살아왔는데 이제 와서 새삼 죽으려고 하겠어?"

"얼토당토않은 논리야."

"그런가……."

"아무튼 그 두 사람을 주의해서 봐."

그리고 두 사람은 승객들의 안전벨트 착용을 확인하기 위해 자리에서 일어났다.

B코는 기내의 뒤쪽 절반을 맡았다. 뒤로 젖혀진 등받이를 제자리로 돌려놓고 안전벨트를 하나하나 확인해 갔다.

예의 노부부는 자세가 아까와 거의 비슷했다. 남편 쪽은 여전히 담요를 덮은 채 자고 있다. 벨트는 제대로 매고 있었다. 부인이 매 준 모양이었다.

노부부 바로 뒷자리는 비어 있고 그곳에 기내용 신문과 주간지가 놓여 있었다. B코가 그것들을 집어 들려고 했을 때 앞자리 노부부의 말소리가 들려왔다.

"거의 다 왔어요."

부인의 말에 남편이 "아, 역시 빨라." 하고 대답한다.

"잘 잤죠?"

"그럼, 잘 잤지. 거참, 이상해. 도쿄에 있을 때는 그렇게 잠이 안 오더니 말이야."

"나는 한숨도 못 잤어요."

"왜, 아직도 포기가 안 되나? 무슨 미련이 그리 많아?"

"아니에요, 포기는 이미 했어요. 그래서 이렇게 당신이 하자는 대로 따라온 거잖아요."

"그런데 왜 잠이 안 와?"

"우리가 없어진 후의 일을 생각하고 있었어요. 어떻게 될는지……."

"어떻게 되기는 뭐가 어떻게 돼? 젊은 사람들이 알아서 잘하겠지. 우리는 녀석들에게 방해가 될 뿐이야."

거기까지 들었을 때 B코는 A코에게 눈짓을 하고 서둘러 주방으로 돌아갔다.

"동반 자살이란 말이야?"

B코의 얘기를 들은 A코는 저도 모르게 숨을 삼켰다.

"아마 틀림없을 거야. 자세한 내막은 모르겠지만 그분들, 젊은 사람들한테 부담을 주는 게 싫어서 도쿄를 떠난 것 같아. 자신들이 죽은 후의 일을 얘기하더라니까. 아이참, 어떻게 하지?"

"지금으로서는 할 수 있는 일이 없지, 뭐. 착륙한 후에 그분들을 붙들고 얘기해 보자. 여차하면 공항 경찰에게 부탁하고."

그리고 A코와 B코는 점프 시트에 앉아 안전벨트를 맸다. 비행기는 잠시 후 착륙 태세에 들어갔다.

가벼운 충격과 함께 몸의 각도가 바뀌었다. 활주로를 미끄러지듯 달리는 감각과 함께 브레이크가 걸리는 날카로운 소리가 들린다. 그리고 잠시 후 기체가 정지했다. 조급한 승객들은 벨트 착용 사인이 채 꺼지기도 전에 엉덩이를 들기 시작한다. 기내 방송을 마친 후 A코는 트랩 아래에서, B코는 트랩 위에서 손님들을 배웅하기로 했다.

'시간이 금방 지나가 버렸어.'

손님 한 명 한 명에게 머리 숙여 인사하며 A코는 생각했다. 그 유서 탓에 자신이 뭘 했는지 정확하게 기억나지 않을 정도였다.

그래도 어쨌든 유서를 떨어뜨린 사람을 찾아냈다. 그걸로 그녀는 안도했다.

예의 바람피운 남편이 내렸다. 아내에게 신경이 쓰여서인지 몇 번이나 뒤를 돌아본다. 아내는 일부러 미적거리는지 아직 모습이 보이지 않는다. 남편이 떨떠름한 표정으로 먼저 걸어 나갔다.

그다음으로 나타난 승객은 여학생이었다. 옆에 앉아 있던, 엄마로 보이는 여자가 그 뒤를 따라 나왔다. 엄마는 웃고 있지만 딸은 무표정했다.

그녀들에 이어 마흔 줄의 남자가 나왔다. 체격이 다부지고, 까무잡잡하게 그을린 피부가 나이보다 젊어 보이게 한다. 이 남자는 자리도 모녀 바로 뒤였다.

"이용해 주셔서 감사합니다."

A코가 고개를 숙이자 남자가 머리를 매만지는 시늉을 하며 "고맙습니다."라고 답했다. 그때 남자의 손가락에서 뭔가가 반짝했다.

'어?'

A코는 소리를 삼키며 남자를 눈으로 뒤쫓았다. 그는 걸음을 조금 빨리하더니 앞서 걷던 모녀에게 가서 섰다. 그러고는 또 머리를 매만지며 엄마 쪽에 말을 걸었다. 엄마가 무척 즐거운 표정으로 웃으며 대답한다.

'그런 거야?'

A코가 얼빠진 표정으로 세 사람을 바라보는데 그녀를 부르

는 소리가 들려 돌아보니 B코가 눈짓을 한다. 예의 노부부가 통과하려는 참이었다.

A코는 B코에게 눈길을 주며 빠르게 고개를 저어 보였다. B코가 영문을 모르겠다는 듯 멍하니 그녀를 바라보았다.

"나머지 승객들을 부탁해."

A코는 그 말만 남기고 뛰기 시작했다. B코가 뭐라고 하는 것 같았지만 귀에 들어오지 않았다.

"저, 잠깐만요."

A코가 모녀를 불러 세웠다. 두 사람이 무슨 일이냐는 듯한 표정으로 돌아본다. A코는 봉투를 꺼내 여중생에게 보였다.

"이 봉투, 손님이 떨어뜨리셨죠?"

여중생은 처음에는 아무 반응을 보이지 않았다. 그래서 A코는 순간적으로 자신의 추리가 틀렸나 생각했지만 아니었다.

다음 순간 여중생이 달리기 시작하더니 마중 나온 사람들로 북적거리는 건물 속으로 사라져 버렸다.

5

"버스에는 타지 않았습니다. 택시 운전사도 못 봤다니까 아마 공항 근처 어딘가에 숨어 있을 겁니다."

제복을 입은 경관이 그녀들에게 말했다. 경관은 마흔 전후의 사람 좋아 보이는 아저씨다.

"이 지역 사람들에게도 협조를 부탁했습니다. 걱정 마세요, 금방 찾을 겁니다."

잘 부탁드립니다, 하고 여학생의 엄마가 고개를 숙이자 경관은 경례를 한 후 방을 나갔다.

공항 안에 있는 응접실이었다. A코와 B코는 여중생의 엄마인 모토니시 기미코와 그녀의 약혼자 안도 다카오와 마주 앉아 있었다. 여중생은 이름이 유키코라고 했다. 유키코는 그렇게 사라진 후 아직 모습을 나타내지 않았다.

"전혀 몰랐어요."

기미코는 고개를 숙인 채 손수건을 꼭 쥐고 앉아 있었다.

"그 아이가 자살을 생각하고 있었다니……. 그것도 이런 여행에서 말이에요."

안도 쪽은 아무 말이 없었다. 기미코 옆에서 마치 뭔가를 견디려는 것처럼 침통한 표정을 짓고 있을 뿐이다.

"하지만 그 필적은 따님 것이 분명하죠?"

B코가 묻자 기미코는 몸이 흔들릴 정도로 세차게 고개를 끄덕였다.

"틀림없어요. 초등학교에 들어갔을 때부터 서도를 배워서 나이에 비해 글씨를 반듯하게 쓰거든요."

어쩐지, 하고 A코는 납득했다.

"자살하려는 동기에 대해 짐작 가는 바가 있으세요?"

B코가 또 물었다. 기미코는 약간 떨리는 목소리로 "전혀요."라고 대답했다.

"실례지만, 전남편은……?"

이번에는 A코가 물었다.

"2년 전에 폐암으로 세상을 떠났어요. 그 후로는 제가 혼자서 유키코를 키웠죠. 마치다에서 조그맣게 과일 가게를 하고 있어요."

"따님과 돌아가신 전남편 사이는…… 좋았겠죠?"

"물론이죠. 자식이라고는 딸 하나뿐인 데다 남편이 직업상 늘 집에 있어서 엄청 예뻐했어요."

"재혼은 언제 결심하셨어요?"

눈 딱 감고 물어보았다. 기미코도, 그 옆에 있던 안도도 당황하는 눈빛이었다.

"결정은 최근에 했어요."

기미코가 대답했다.

"안도 씨가 도매상을 하고 있어서 알게 되었죠."

"한 달쯤 전에 제가 청혼했습니다."

옆에서 안도가 말했다.

"그런데 그게 이번 일과 무슨 관계라도 있습니까?"

A코는 두 사람의 얼굴을 보면서 심호흡을 한 번 했다. 그리고 "혹시 따님이 두 분의 결혼을 반대하지는 않았나요?"라고 물었다. 감정을 억제하려 애썼지만 심장이 두근거렸다.

 "아니요. 맨 먼저 그 아이와 의논한걸요. 유키코도 엄마 좋을 대로 하라고 했고요."

 "그렇다면 따님의 심경에 변화가 온 것은 그 이후군요, 안도 씨."

 "네."

 "재혼이 결정된 이후 오늘까지 유키코 양을 성가셔하는 듯한 행동을 한 적은 없으세요?"

 "성가셔하다니, 천부당만부당한 말입니다. 저는 어떻게든 그 아이 마음에 들려고 갖은 노력을 다했습니다. 그래서 이번 여행도 신혼여행 대신이지만 그 아이를 데려오기로 한 겁니다."

 A코가 고개를 저었다.

 "하지만 유키코 양은 안도 씨를 아빠로 인정하지 않은 것 같군요. 제가 유키코 양에게 엄마랑 여행하는 거냐고 물었더니 '네, 그래요.'라고 대답했어요. 그런 경우 아빠도 함께 간다고 말하는 게 일반적이지 않을까요?"

 안도와 기미코가 다시 얼굴을 마주 보았다. 그러고서 한동안 말이 없다가 안도가 갑자기 뭔가 떠올랐는지 기미코를 바라보았다.

"얼마 전에 가게 앞에서 얘기를 나눈 적이 있지? 그 얘기를 유키코가 들은 게 아닐까?"

"얼마 전이라니⋯⋯."

"왜, 그때 있잖아. 아이를 언제 갖느냐는 둥, 그런 얘기를 했을 때 말이야."

"아아⋯⋯. 하지만 그 얘기가 왜?"

"그때 내가 그랬잖아, 하루빨리 우리 둘의 아이를 갖고 싶다고. 무심코 한 말이었지만, 듣기에 따라서는 내가 유키코를 딸로 여기지 않는다는 뜻으로 받아들일 수도 있지 않을까?"

"그건 별 뜻 없이 한 얘기인데⋯⋯."

"우리는 뜻 없이 한 얘기라도 그 아이는 충격을 받았을지 몰라."

"설마 그만한 일로⋯⋯. 유키코도 당신을 좋아하는걸. 아빠로도 인정하고. 아니, 인정할 거야, 아마⋯⋯."

기미코가 말끝을 살짝 흐렸다.

"그런데,"

안도가 A코에게로 눈길을 향했다.

"그 유서를 쓴 사람이 유키코라는 걸 어떻게 알았습니까, 서명도 없는데?"

"네. 그래서 저희도 상당히 고민했어요. 실은 조금 전까지만 해도 유키코 양이 아닌 다른 사람이 떨어뜨렸을 거라고 생각했고요. 그러나 결국은 유서에 서명이 없다는 게 힌트가 되었습니다."

"어째서죠?"

"왜 서명을 하지 않았는지 생각해 봤어요. 자살하면 어차피 신원이 밝혀질 텐데 이름을 적지 않을 이유가 없잖아요. 그렇다면 서명을 하려 했지만 뭔가 문제가 있었던 것 아닐까 싶더군요. 하지만 여기까지는 전혀 생각하지 못했어요. 그러다가 안도 씨의 반지를 보는 순간 머릿속에 번쩍 스치는 것이 있었습니다."

"반지 말입니까?"

그가 자신의 손바닥을 내려다보았다.

"안도 씨가 약지에 낀 반지가 부인 것과 똑같더군요. 그걸 알아챈 순간 세 분의 관계가 짐작되었어요. 아울러 유키코 양이 엄마랑 둘이 여행하는 듯이 말했던 일도 떠올랐고요. 그리고 깨달았죠. 유서에 서명이 없는 이유를요. 요컨대 유키코 양은 안도 유키코라고 써야 할지 모토니시 유키코라고 써야 할지 갈피를 못 잡았던 거예요."

아아, 하고 기미코가 탄식했다.

"조금 더 시간을 두고 천천히 일을 진행했어야 하는 건데 그랬나 봅니다."

안도가 어두운 목소리로 말했다.

유키코는 얼마 후 경찰이 발견했다. 근처 상점가를 어슬렁어슬렁 돌아다니고 있었다는 것이다. 어디로 갈 작정이었냐는 경찰의 질문에 모르겠다고 대답했다고 한다.

경찰 손에 이끌려 응접실에 들어온 유키코를 본 순간 기미코는 엉엉 울음을 터뜨렸다. 그러나 유키코의 눈에는 눈물 한 방울 맺히지 않았다.

안도가 유키코의 어깨에 손을 얹으며 나지막한 소리로 "우리 다시 한 번 얘기해 보자."라고 말했지만 유키코는 그 말에 대답하지 않은 채 꾸벅 고개를 숙이며 "죄송해요."라고 했다.

A코와 B코는 그 시점에 응접실을 나왔다.

택시 승강장으로 간 두 사람은 줄에 서 있는 예의 노부부를 발견했다.

그녀들을 알아본 부인이 "오늘 밤은 여기서 묵나요?"라고 물었다.

"네, 그렇습니다. 두 분은 이쪽으로 여행을 오신 건가요?"

A코가 묻자 부인은 "아니에요. 집이 여기예요. 도쿄에 사는 아들 집에 다니러 갔다가 오는 길이라우." 하고 대답했다.

"아아……"

B코의 추리와는 전혀 달랐다.

"여기서 사과 농장을 하고 있는데 뒤를 잇겠다는 자식이 없답니다. 그래서 아들 녀석을 설득해 보려고 말이지요."

"아드님이 뭐라던가요?"

A코의 물음에 노부인은 웃으며 고개를 저었다.

"그 얘기는 꺼내지도 않았어요. 그 아이도 자기 나름대로 열심히 살고 있다는 생각이 들어서요. 미련이 남는 건 어쩔 수 없지만⋯⋯."

"이봐, 관계없는 분한테 그런 소리를 뭐 하러 해?"

노인이 언짢은 듯이 말했다.

"우리는 아무튼 죽을 때까지 사과 농장을 하면 되는 거야. 우리가 죽은 다음에야 녀석들이 어떻게든 할 테지."

"네, 그렇겠네요."

"당신은 말이 너무 많아."

그러는 사이 빈 택시가 들어와 두 노인이 올라탔다. A코와 B코가 택시가 멀어지는 모습을 바라보는 동안 빈 택시 한 대가 또 들어왔다.

"애고고."

B코가 신음을 내뱉었다.

"왜 이렇게 피곤한지."

"호텔에 도착하면 한잔할까?"

"좋지."

둘은 택시에 올라탔다. 커다란 그림자가 시야에 비쳐 A코가 창밖으로 시선을 돌리자, 공항에서 이륙하는 또 한 대의 비행기가 눈에 들어왔다.

허깨비 승객

1

3월 15일 오전 8시, 하네다 공항 내 신일본 항공 객실과 승무원실.

전화벨이 울렸을 때 주위에는 아무도 없었다. 비행을 앞두고 준비에 여념이 없던 하야세 에이코, 즉 A코는 망설임 없이 수화기를 들었다.

"신일본 항공 객실과입니다."

시원스럽게 응대했지만 상대는 주저하는 듯 대답을 하지 않았다.

'이상하네.'

A코는 왠지 예감이 좋지 않았다.

이윽고 "여보세요." 하는 남자 목소리가 들려왔다. 음울하고 알아듣기 힘든 음성이었다.

"네, 신일본 항공 객실과입니다."

A코는 똑같은 대답을 되풀이했다. 불길한 예감이 서서히 커져 갔다.

"지금부터 내가 하는 말을 잘 들어."

남자가 여전히 알아듣기 힘든 음성으로 말했다.

"내가 어제 사람을 죽였어."

심장이 쿵, 내려앉았다.

"네? 저, 다시 한 번 말씀해 주시겠어요?"

"잘 들으라고 했잖아. 내, 내가 어제 사람을 죽였단 말이야. 아, 알아듣겠어?"

남자의 목소리가 살짝 떨리는 것이 느껴졌다. A코는 재빨리 주위를 둘러보았다. 때마침 후지 마미코, 즉 B코가 승무원실로 들어오는 참이었다. 표정이 후련해 보이는 것이 화장실에 다녀온 모양이었다.

"저, 소리가 너무 멀리 들리는데요. 좀 더 큰 소리로 자세히 말씀해 주시겠어요?"

상대 남자에게 말하면서 A코는 B코에게 한쪽 눈을 찡긋해 신호를 보냈다. 그러나 B코는 무슨 뜻인지 알아차리지 못한 듯, A코와 똑같이 한쪽 눈을 찡긋하고 고개를 옆으로 기울였다.

"자, 똑똑히 들어."

남자의 목소리가 조금 전보다 약간 커졌지만 웅얼거리는 듯한 느낌은 마찬가지였다. 손수건 따위를 송화기에 대고 말하는지도 몰랐다.

"내가 어제 너희 비행기 손님을 죽였어. 여자 손님이야. 주차장에서 죽인 뒤 차에 태워서 옮겼지. 어디로 옮겼냐 하면……."

"저, 잠깐만요."

A코는 B코를 손짓해 부르며 벽에 붙어 있는 종이를 가리켰다. 거기에는 다음과 같은 글이 적혀 있다.

수상한 전화가 걸려 오면

1. '잘 들리지 않는다', '좀 더 자세하게 말해 달라' 등의 말로 시간을 끈다.

2. 주위에 있는 사람에게 손짓하며 이 종이를 가리킨다.

3. 그 신호를 감지한 사람은 아래 번호로 전화를 걸어 발신 번호 추적을 의뢰한 후 공항 경찰 등에 신고한다.

   • 발신 번호 추적 의뢰 ×××—××××

   • 공항 경찰 ×××—××××

   • CAB 경무과 ×××—××××

   • 운항과 ×××—××××

그제야 안색이 확 변한 B코는 허둥대느라 엉덩이를 책상 모서리에 부딪치는 등 법석을 떨며 다른 전화기로 달려들었다. 그리고 발신 번호 추적을 의뢰했다.

"뭐가 그렇게 소란스러워. 쓸데없는 짓을 하고 있는 건 아니겠지?"

남자가 말했다.

"아니에요, 아무것도……. 저, 그래서, 그다음에는 어떻게 하셨어요?"

"응? 그게…… 아아, 그렇지. 주차장에서 살해한 다음 차에 태워 항구로 갔어. 시신은 도쿄만에 가라앉았을 거야."

수화기를 쥔 A코의 손바닥에 땀이 흥건히 배어 나왔다. 반대로 입안은 바싹바싹 말라 왔다.

"저, 그래서 저희가 뭘 도와드리면 될까요?"

"돈이지, 돈. 돈을 보내. 돈을 보내지 않으면 너희 비행기를 이용한 손님을 한 명 한 명 죽일 거야. 이 일이 매스컴에 알려지는 날에는 아무도 너희 비행기에 안 탈 테지."

"하지만 저 혼자서는 돈을 보내 드리기 어려운데요."

스스로 생각하기에도 얼빠진 대답 같았지만 달리 대응책이 떠오르지 않았다. 일단은 통화를 오래 끄는 일만 생각하기로 했다.

"그건 나도 알아. 그러니까 다시 연락할 거야. 조만간 도쿄만에 여자 시신이 떠오를 테니 잘 지켜봐. 시신이 발견되는 시점에 다시 전화하겠어. 그때까지 경찰에는 신고하지 않는 게 좋을 거야. 물론 그 후에도 경찰에 신고하는 일은 없어야겠지. 그럼, 이만."

그러고서 남자는 일방적으로 전화를 끊었다.

2

같은 날 오전 9시 정각, 하네다 공항 북쪽 주차장.

젊은 직원 하나가 주차되어 있는 차량들에 이상이 없는지 순찰하고 있었다. 주차 요금이 상당히 비싼데도 며칠째 주차되어 있는 차가 몇 대 보인다.

그가 주차장 맨 구석 쪽에서 그것을 발견했다. 두 대의 자동차 사이에 있는 주차 공간 한가운데쯤에 검은 상자처럼 보이는 물체가 놓여 있었다.

'저게 뭐지?'

직원이 물체 곁으로 다가갔다. 그리고 그것이 핸드백임을 금방 알아보았다. 집어 들고 살펴보니 비교적 새것이었다. 핸드백을 열고 안을 들여다봤다. 화장품과 자잘한 소지품 등이 들어 있었다.

'손님이 떨어뜨렸나? 칠칠치 못하게, 이런 걸 떨어뜨리다니……'

직원은 핸드백을 들고 요금소로 돌아갔다. 그보다 나이가 좀 더 들어 보이는 직원이 하품을 하며 그를 바라보았다.

"뭐야, 그건?"

나이 든 직원이 핸드백을 가리키며 물었다.

"손님이 떨어뜨렸나 봐요. 주차장 구석에 있던걸요."

허깨비 승객 **209**

"내용물은 있어?"

"네. 자세히 보지는 않았지만요."

"흠……, 주인을 짐작할 만한 물건이 나오면 연락해 줘."

그런데 거기까지 말한 나이 든 직원의 눈이 핸드백의 한 부분에 고정되었다. 그는 핸드백 옆쪽을 가리키며 약간 경직된 목소리로 물었다.

"이봐, 그거…… 피 아니야?"

"네에?"

그의 눈길을 따라가 보니 정말 핸드백 옆쪽이 검붉게 물들어 있다.

"으악!"

젊은 직원이 소리를 지르며 핸드백을 내팽개쳤다.

수사원들이 달려오기까지는 시간이 그리 오래 걸리지 않았다. 그들은 핸드백과 핸드백이 떨어져 있던 장소를 샅샅이 수색했다.

"핸드백은 진한 밤색 트루사르디 제품입니다. 구입한 지 얼마 안 된 것 같고요. 내용물은 립스틱과 콤팩트, 휴대용 티슈, 손수건, 휴대용 반짇고리, 그리고 신일본 항공의 운항 시간표와 사용한 탑승권 등입니다. 이상입니다."

수사 1과의 젊은 형사 야마모토가 선배 형사 와타나베에게 보고했다. 와타나베는 올해 꼭 마흔으로, 머리에서 희끗희끗한 것이 자라기 시작한 참이다.

"지갑은?"

와타나베가 후배에게 물었다.

"지갑은 없었습니다. 현금 카드나 신용 카드 같은 것도 없었고요. 신원을 알 만한 것은 들어 있지 않았습니다."

"흐음."

"역시 신일본 항공에 전화했다는 남자와 관계가 있을까요?"

도쿄만에서 시신이 발견되었다는 정보는 아직 없었다.

"탑승권은 며칠 거지?"

"3월 7일입니다. 삿포로발 도쿄행 108편요."

"정보가 그것뿐이야?"

"네. 지정석이었겠지만 좌석 번호 부분이 찢겨 나가고 없었습니다."

"왜 찢었을까?"

"잘 모르겠습니다. 왜 그랬을까요?"

야마모토가 고개를 저으며 되물었다.

일단은 핸드백 주인을 찾는 일이 급선무였다. 와타나베와 야마모토, 두 형사는 다시 신일본 항공 객실과 사무실로 향했다. 조금 전까지 그들은 그곳에 있었다. 수상한 전화가 걸려왔다는 신고가 들어와 조사차 방문했던 것이다.

객실과 사무실에 들어선 와타나베는 엔도 과장에게 상황을 설명하고, 3월 7일에 108편을 이용한 승객 명단을 보여 달라고 말했다.

"보여 드리는 건 어렵지 않습니다만, 승객 전원의 이름과 연락처를 알아내기는 힘들 겁니다."

엔도가 안타깝다는 듯이 말했다.

"왜죠?"

"승객 명단은 항공권을 기초로 작성되거든요. 정식 절차를 밟아 구매한 승객이라면 문제가 없겠지만, 우대권을 사용했다든가 구매한 항공권을 제삼자에게 넘겼을 경우에는 이름이 다를 수도 있습니다."

"그렇군요. 그럼 알 수 있는 범위 내에서만 주셔도 됩니다."

"알겠습니다."

엔도가 자리에서 일어나 객실과 사무실을 나가자 그가 나가기를 기다렸다는 듯이 스터디 룸에서 퉁퉁한 승무원이 얼굴을 내밀었다.

"뭐가 좀 밝혀졌나요?"

퉁퉁한 승무원, 즉 B코가 호기심으로 가득한 눈을 빛내며 물었다.

"아니요, 아직⋯⋯."

대답하는 야마모토 형사의 말투가 왠지 시큰둥했다. 아까

참고인 조사를 할 때 형사들은 A코의 얘기를 듣고 싶었지만 B코가 옆에서 침을 튀기며 끼어들었던 기억 때문일 것이다.

"피 묻은 핸드백이 발견되었다면서요?"

"······ 듣고 계셨습니까?"

"역시 그 주차장에서 살인이 벌어진 걸까요?"

"글쎄요······."

야마모토가 머리를 긁적거렸다. 와타나베는 화장실에라도 가려는지 인상을 쓰며 방에서 나갔다.

"살해된 사람이 3월 7일 108편 승객이라면서요?"

"살해되었는지 어떤지는 아직 모릅니다. 그 비행기 편 탑승권이 핸드백에 들어 있었을 뿐이죠."

야마모토의 말투가 신중했다. 하지만 B코는 아랑곳하지 않고 "그 108편에 저도 탔어요."라고 말했다.

"아, 그랬어요?"

야마모토가 눈을 동그랗게 떴다.

"저뿐 아니라 A코, 그러니까 하야세 씨도 탔어요. 대체 그때 손님 중에 누가 살해된 걸까요?"

"저 말이죠, 그때 뭔가 이상한 점은 없었습니까?"

"이상한 점이라니요?"

"그러니까····· 평소와 다른 점 말입니다."

그러자 B코가 과장된 몸짓으로 팔짱을 끼며 짐짓 심각한 표정을 지었다.

"흠, 108편이라면 삿포로에서 돌아오는 비행기인데 말이죠. 그러니까…… 그때는 승객도 비교적 적었고 딱히 별일 없지 않았나……."

"그렇군요."

야마모토는 별 기대가 없었는지 미련 없이 대답했다.

"있잖아요, 범인이 진심으로 그렇게 말했을까요? 돈을 보내지 않으면 신일본 항공 탑승객을 한 명 한 명 죽이겠다고 말이에요."

이번에는 거꾸로 B코 쪽에서 물었다.

"글쎄요, 뭐라 말하기가 어렵군요. 기업을 협박하는 경우라도 이런 유형은 처음이라서 말이죠. 제정신으로 벌인 일이 아닌 것만은 분명합니다."

"만약 정말로 살인을 저질렀다면 엄청난 사건이죠?"

"물론입니다. 만일 그렇다면 무슨 수를 써서라도 범인을 찾아내야죠."

야마모토가 그런 말을 하는 참에 엔도가 돌아왔다. B코는 재빨리 스터디 룸으로 쏙 들어갔다.

3

"장난으로 보는 쪽이 우세하대."

식사 후에 커피를 마시면서 A코가 말했다. 그녀와 B코는 아파트를 하나 빌려 같이 살고 있다.

"그 전화 말이야? 그럼 주차장에서 발견된 피 묻은 핸드백은 뭔데? 신문 기자까지 왔었잖아."

케이크를 우물거리며 말하는 B코의 얼굴에 '장난으로 끝나면 재미없지' 하는 표정이 역력했다.

"핸드백은 미스터리지만……, 진심으로 그렇게 협박했을 거라고 보니? 우리 회사 비행기에 탄 승객을 죽이겠다고 말이야."

"그야 물론 머리가 좀 이상한 사람인지는 모르겠지만, 어쨌거나 본인은 진심인지도 몰라. 무슨 일이 일어나도 이상하지 않은 세상이잖아. 그리고 설령 터무니없는 협박이라 해도 그 사실이 세상에 알려지면 우리 항공사를 이용하는 승객이 줄어들 거야. 그래서 매스컴에서도 입을 다물고 있는 거고."

주차장에서 피 묻은 핸드백이 발견된 일은 공개되었지만 수상한 전화가 걸려 왔다는 사실은 아직 발표되지 않았다. 사내에서도 아는 사람은 극히 일부였다. 발신 번호 추적은 B코가 전화번호를 잘못 누르는 바람에 결국 실패했다.

"하지만 시신도 아직 발견되지 않았어."

"바다에 던져졌을 거야. 뭔가 무거운 걸 매달아서."

"그래도 범인이 노리는 건 돈이니까 시신이 하루빨리 발견되기를 바라지 않겠어? 시신의 신원이 밝혀져서 그 사람이 정말 우리 비행기 탑승객이라는 사실이 확인되어야 협박도 힘을 얻을 거 아니야."

"그건…… 뭔가 사정이 있을 거야."

바닥을 드러낸 케이크 접시를 포크로 박박 긁어 대면서 B코가 말했다. 적절한 대답이 떠오르지 않을 때면 "뭔가 사정이 있을 거야."라거나 "누군가 어디서 잘하고 있겠지." 하고 말하는 게 그녀의 주특기다.

"난 신일본 항공에 원한을 품은 사람의 소행이라고 생각해."

A코가 중얼거리듯 말했다.

4

이틀이 지났지만 수사에는 별다른 진전이 없는 듯했다. 이날 A코가 오사카 왕복 비행을 마치고 승무원실로 돌아와 보니 안면이 있는 형사 둘이 그녀를 기다리고 있었다. 와타나베와 야마모토였다.

그리고 그들 옆에 당연하다는 듯이 B코가 있었다. 신기하게도 이런 일에는 반드시 그녀가 있다. 일은 대체 언제 하는 걸까, 하고 A코는 문득 궁금해지곤 한다.

B코 외에 수석 승무원인 기타지마 가오리도 함께 있었다.

"핸드백 주인이 아직도 밝혀지지 않았다면서요?"

가오리가 미간을 찡그리며 A코에게 말했다.

"승객 명단은 전부 확인해 보셨어요?"

A코가 형사들에게 물었다.

"연락할 수 있는 곳은 거의 했습니다."

야마모토가 대답했다.

"신문 기사를 보고 그 비행기에 탔었다고 연락해 온 사람도 꽤 있었어요. 하지만 아직까지는 해당자가 없습니다. 남은 사람은 열 명 남짓인데, 그중 연락처를 아는 사람은 세 명뿐이에요."

"그들 중에 핸드백 주인이 있을 거예요."

B코는 오늘따라 기운이 넘쳤다.

"그리고 자신이 핸드백 주인이라고 나서는 일은 없겠죠. 살해당했으니까요."

와타나베는 헛기침을 한 번 하더니 A코를 향해 돌아앉았다.

"두 분이 그 비행기에 타셨다고 하던데요."

"네, 맞아요."

"실은 이걸 두 분께 보여 드리려고 가져왔습니다."

와타나베가 꺼낸 물건은 예의 핸드백이었다. 혈흔이 끔찍했다.

"본 기억이 있습니까?"

A코는 얼핏 보고 고개를 저었다.

"승객의 소지품을 전부 기억하는 건 무리죠. 게다가 날짜도 꽤 지났고……."

"저도 기억해 내려고 애써 봤지만 안되더군요. 별다른 특징이 없는 핸드백이라서요."

기타지마 가오리도 두 손 들었다는 시늉을 했다.

"그러고 보니 기타지마 선배도 그 비행기에 타셨군요."

A코가 기억이 떠오른 듯이 말하더니 형사들을 향해 "그 비행기에 탔던 다른 승무원들에게도 물어보셨어요?"라고 물었다.

"물어봤지만 대답은 마찬가지였습니다. 물론 저도 기억해 내는 건 무리라고 생각합니다."

"저, 제가 핸드백 안을 좀 봐도 될까요?"

B코가 살짝 치켜뜬 눈으로 와타나베를 보며 물었다.

"핸드백은 기억에 없어도 내용물은 알아볼 수 있을지 모르잖아요."

"그렇겠네요. 뭐, 좋을 대로 하십시오."

형사가 심드렁한 얼굴로 대답했다.

B코는 신나는 일이라도 생긴 어린아이처럼 들떠서 핸드백을 열었다. 내용물은 모두 비닐봉지 안에 담겨 있었다.

"어머, 이거 완전 신상이네."

그 말이 끝나기도 전에 그녀는 립스틱을 비닐봉지에서 꺼내 뚜껑을 열었다.

"그렇게 멋대로 꺼내시면 곤란합니다."

야마모토가 신경질적으로 말했다.

"지문은 이미 채취한 거 아니에요?"

"그건 그렇지만……."

"후지 씨, 그만 좀 해요."

기타지마 가오리가 단호하게 말하자 B코는 샐쭉한 표정으로 립스틱을 도로 봉지에 담았다. 그때 A코의 머릿속에 뭔가 스치는 느낌이 들었다. 하지만 그게 무엇인지는 떠오를 듯 말 듯 하다가 끝내 떠오르지 않았다.

"그 후로는 수상한 전화가 오지 않았습니까?"

와타나베가 가오리와 A코를 향해 물었다. B코에게는 묻고 싶지 않은 눈치였다.

"네, 그 후로는 없었어요."

A코가 대답했다.

"도쿄만에서 시신이 발견되었다는 얘기도 없죠?"

"그렇습니다. 아무래도 이대로 사건이 종결될 것 같은 예감이 드는군요."

와타나베가 입꼬리를 올리며 머리를 긁적였다.

하지만 그렇지 않았다.

그 일이 있고 나서 다시 삿포로 왕복편을 탔다가 돌아오는 108편에서였다.

"저, 잠깐만요."

A코가 통로를 걸어가는데 누군가 부르는 소리가 들렸다. 돌아보니 회색 양복을 입은 회사원 분위기의 남자가 손을 살살 흔들고 있었다.

A코가 미소를 지으며 다가가자 남자는 입가에 손을 대고 "그 사건 있잖아요."라고 소곤거렸다.

"네?"

"그 사건 말이에요. 왜, 신문에 났었잖아요. 하네다 주차장에서 피 묻은 핸드백이 발견된 사건요."

"아아, 네……."

A코는 주위 손님들이 듣고 있지 않은지 확인한 다음 "그게 왜요?"라고 역시 소곤거리며 물었다.

"핸드백 주인이 3월 7일에 108편을 탄 승객이라면서요? 실은 저도 그 비행기를 탔어요."

"그러세요?"

A코는 조금 놀라며 남자의 얼굴을 새삼 바라보았다.

"제가 일 관계로 이 108편을 자주 이용하거든요. 그래서 경찰이 제게 연락을 했던 모양인데, 하필 그때 자리를 비워서 아직 얘기를 못했어요."

"무슨 얘기를요?"

"그게요, 실은 제가 그 핸드백을 본 기억이 있어요. 제 기억이 틀리지 않다면 그날 108편에서 본 여자가 들고 있었을 거예요."

"정말요?"

A코가 자신도 모르게 큰 소리를 지르는 바람에 주위의 눈이 한꺼번에 그녀에게 쏠렸다.

"정말이에요. 그래서 뭔가 도움을 드릴 수 있을까 해서요. 필요하면 도쿄에 도착해서 경찰서에 같이 갈 수도 있는데……."

"알겠습니다. 잠시만 기다려 주세요."

A코는 곧바로 조종실로 가서 기장에게 이 일을 보고했다. 기장이 하네다 공항에 연락하자 회사에서 잠시 후 객실과 사무실에 경찰을 대기시키겠다는 연락이 왔다.

A코가 회사원 남자에게 하네다 공항에 도착하면 자신들과 함께 객실과로 가 주었으면 한다고 부탁하자 남자는 기꺼이 승낙했다.

"그날은 자리가 많이 비어 있었는데, 안전벨트 착용 사인이 꺼지자 어디선가 그 여자가 나타나서 제 옆자리에 앉았어요. 통로 쪽 자리에요. 특징이라면…… 나이는 이십 대 중반쯤이었고, 머리는 짧아서 어깨까지 내려오지 않았죠. 파마를 하지 않은 검은 생머리였어요."

객실과 응접실에서 와타나베, 야마모토와 마주 앉아 남자가 설명했다. A코와 B코도 함께였다. 이름이 나리타인 남자는 모 종합 상사의 직원으로 서른한 살에 독신이라고 했다. 출장이 잦아 한 달에도 몇 번씩 삿포로에 간다는 것이었다.

"옷차림은 어땠습니까?"

야마모토가 수첩에 메모할 자세를 취하면서 물었다.

"하얀 투피스였을 겁니다. 키가 이분 정도 되나……."

나리타가 옆에서 얘기를 듣고 있던 A코를 가리켰다. 두 형사의 시선이 그녀를 향했다. A코는 여러 사람이 느닷없이 자신을 바라보자 얼굴을 붉혔고 그 모습을 보며 B코는 재미없다는 표정을 지었다.

"얼굴도 기억하십니까?"

와타나베가 묻자 나리타는 그 말을 기다렸다는 듯이 고개를 크게 끄덕거렸다.

"확실히 기억합니다. 하얗고 동그란 얼굴에 눈꼬리가 길었어요. 얼굴은 동그랬지만 볼이 불룩 나온 건 아니고 적당한

편이었죠."

그때 야마모토가 B코 쪽을 힐금 봤다. 그리고 이내 수첩으로 시선을 돌렸다.

"화장은 짙은 편이 아니었고, 예쁘게 생긴 입술이 인상적이었습니다."

"그럼 상당히 미인이겠네요."

와타나베가 말했다.

"꽤 미인이었어요. 그래서 더 기억이 나는지도 모르겠습니다."

그러고서 나리타는 겸연쩍게 웃었다.

"미인이라면 들고 있던 핸드백까지 기억합니까?"

"그런 건 아니지만, 그때 그 여자 분이 핸드백에서 립스틱을 꺼내 화장을 고쳤거든요. 그 모습이 굉장히 인상적이어서 핸드백도 기억에 남은 겁니다."

아무래도 이 남자가 줄곧 그 여자를 관찰하고 있었나 보다고 A코는 생각했다.

"그 여자 분과 얘기도 나눴습니까?"

"네, 두세 마디 나눴습니다. 무슨 얘기였는지는 기억나지 않지만요. 말투도 아주 예의 바르더군요."

"사투리를 썼다든가 그러지는 않았습니까?"

"아니요, 정확한 표준어였습니다."

"흐음."

와타나베가 고개를 끄덕이더니 생각에 잠겼다. 나리타가 묘사한 여자의 이미지를 머릿속에 그려 보는지도 몰랐다. A코도 여자의 이미지를 떠올려 보았다. 미인, 예의 바른 말투…….

'그런 여자가 탔었나?'

기억해 내려 했지만 그러기에는 시간이 너무 흐른 후였다. 어쩌다 비행기를 타는 승객들과 달리 승무원들은 거의 매일 새로운 승객들을 만난다.

형사들은 마지막으로 예의 핸드백을 꺼내 나리타에게 보여 주었다. 그는 그 핸드백이 맞는 것 같다고 대답했다.

"그럼 이것도 기억납니까?"

와타나베가 핸드백 안에서 립스틱을 꺼내며 물었다. 그러자 나리타는 눈을 번뜩이며 "맞아요, 이겁니다. 이 립스틱을 발랐어요."라고 기세 좋게 단언했다.

5

그 후 이틀이 더 지났다.

업무를 마친 A코와 B코가 객실과 사무실로 걸어가는데 복도를 터벅터벅 걸어오는 야마모토의 모습이 보였다.

"왜 그러세요? 영 기운이 없어 보이네요."

B코가 허물없이 말을 걸었지만 야마모토는 "아, 네………." 하고 기운 없이 반응했을 뿐이다.

"표정을 보니 수사에 진척이 없나 보네요."

B코가 재미있다는 듯이 말하자 야마모토는 얄밉다는 표정으로 B코를 비리보았다. 하지만 맞받아칠 기력은 없는 듯했다.

"대체 왜 그러세요?"

이번에는 A코가 물었다.

"그게 말이죠. 아무래도 일이 좀 이상하게 돌아가는 것 같습니다."

야마모토는 짜증스러운 표정을 지었다.

"지난번 뵌 후로 이리저리 조사한 결과 마침내 그 비행기에 탑승했던 승객 전원의 신원을 알아냈습니다. 그래서 오늘 현재 행방을 알 수 없는 사람이 한 명도 없어요. 요컨대 그 수상한 전화로 예고했던 살인은 일어나지 않았다는 얘기죠."

"그럼 잘된 거잖아요."

A코가 내심 안도하며 말했다. 자신이 그 수상한 전화를 받았던 만큼 내내 마음에 걸렸던 것이다.

"그게 그렇지가 않습니다. 핸드백 주인을 여전히 찾지 못했어요. 나리타 씨는 그 핸드백을 든 여자가 분명히 있었다고 했는데 하나같이 그런 백은 모른다고 한단 말이죠. 비슷한 걸 가졌다는 사람조차 없어요."

"그건 이상하네요."

"이상하죠."

야마모토는 눈썹을 팔자로 내려뜨리고 어깨가 들썩거릴 정도로 크게 한숨을 쉬었다.

"와타나베 선배는 뒷일을 제게 맡긴다면서 꽁무니를 빼 버렸지……, 그것참, 난감합니다."

"나리타 씨에게 그때 탑승했던 승객들 얼굴을 한번 봐 달라고 하면 어떨까요? 그러면 한 방에 끝날 텐데."

안 그래? 하고 B코가 A코에게 동의를 구했다. 얼토당토않은 의견을 연발하는 B코지만 이 제안에는 A코도 고개가 끄덕여졌다.

"물론 그 방법도 이미 썼습니다."

야마모토가 신물이 난다는 표정을 지었다.

"우선 나리타 씨가 말한 조건에 부합할 만한 사람들의 사진을 모아 그에게 보여 줬습니다. 그런데 그 가운데는 문제의 여자가 없다는 겁니다."

"그럼 범위를 좀 넓혀 보면 어떻겠어요? 가령 연령대를 좀 더 폭넓게 잡는다든지요."

"다섯 살 여자아이에서 일흔 살 할머니까지, 그 비행기에 탔던 여자 승객의 사진은 전부 보여 줬습니다만 해당하는 사람이 없다고 하기에 다소 여성스러워 보이는 남자들 사진까지 보여 줬습니다. 그랬더니 나리타 씨가 화를 내더군요."

그야 그랬겠지, 하고 웃음을 참으면서 A코가 고개를 끄덕였다.

"이제 남은 가능성은 항공권을 산 사람과 실제로 탑승한 사람이 다를 경우인데……."

"그거네!"

B코가 또 얼빠진 소리를 했다.

"실제로 비행기를 탄 여자가 핸드백 주인이야. 그 여자, 어딘가에 감금되어 있는 걸까? 아니면……."

그녀는 사건이 커지기를 바라는 눈치였다. 그러는 B코를 무시하고 A코가 말했다.

"나리타 씨가 착각했을 가능성은 없을까요? 비행기를 자주 이용한다고 했으니 다른 날 본 사람과 혼동했을 수도 있잖겠어요."

그러나 야마모토는 힘없이 고개를 저었다.

"절대 착각이 아니라고 단언했어요. 여자 탑승객 사진이 정말 이것뿐이냐며 오히려 저를 의심하더라고요. 남은 사람은 승무원들밖에 없다고 했더니 승무원은 아니라고 했어요."

그럼 역시 항공권을 산 사람과 실제로 탑승한 사람이 달랐던 것일까 하고 A코는 생각했다. 그렇다면 항공권을 산 사람이 입을 다물고 있다는 얘긴데, 도대체 왜?

"수상한 전화가 걸려 오지 않았더라면 그 핸드백도 단순한 분실물로 처리되었겠죠. 물론 피가 묻어 있었으니 부자연스러운 점은 있지만요. 혹은 아주 공들인 장난이라는 해석도 성립하는데, 나리타 씨의 증언이 있으니 그렇게 처리해 버릴 수도 없는 노릇입니다."

야마모토의 말에는 나리타의 증언을 오히려 걸림돌로 여기는 듯한 뉘앙스가 담겨 있었다.

"허깨비 승객이라는 얘기네."

아파트로 돌아와 저녁을 먹은 후 책을 읽으면서 B코가 말했다. 책이라고 해 봐야 그녀가 즐겨 읽는 것은 소녀 취향의 만화나 여성 주간지뿐이다.

"아무래도 이상해."

텔레비전 광고를 물끄러미 바라보며 A코가 고개를 갸웃거렸다.

"만일 장난이 아니라면 왜 피해자의 신원을 쉽게 알 수 없도록 해 놓았을까? 핸드백 안에 신원을 짐작할 만한 물건이 하나도 없을뿐더러 시신조차 아직 발견되지 않았으니 말이야."

"그러게."

B코가 소파 위에서 빙그르 몸을 뒤집었다.

"범인에게 뭔가 생각이 있는 거야, 아주 깊은 생각이."

A코는 쓴웃음을 지으며 숨을 길게 내쉬었다. 만사를 쉽게 생각하는 능력에 관한 한 B코는 단연 권위자다.

자신도 너무 깊게 생각하지 말자며 A코는 다시 텔레비전으로 눈을 돌렸다. 바로 그때 화면에 어디선가 본 적 있는 물건이 커다랗게 비쳤다. 에이 핸드백에 들어 있던 립스틱이었다.

"올봄, 당신의 입술을 물들일 색채. 신발매!"

여자 목소리가 흘렀다. 멍하니 보고 있던 A코의 눈이 갑자기 화들짝 열렸다.

"그래, 그 립스틱! 역시 이상했어."

그녀가 자리에서 벌떡 일어섰다.

6

다음 날 점심때가 조금 지나서 나리타가 야마모토와 함께 객실과 사무실에 나타났다. 사뭇 긴장한 모습이었다.

그들을 맞이한 A코와 B코에게 야마모토가 물었다.

"오셨습니까?"

"네."

A코가 방긋 웃으면서 대답했다.

"응접실에서 기다리고 계세요."

"그럼 곧장 그쪽으로 가죠."

야마모토가 앞장서서 걸음을 옮겼다. 뒤따르는 나리타의 얼굴에는 불안한 기색이 역력했다.

"저, 정말입니까, 핸드백 주인이 나타났다는 말이?"

"네, 정말이에요. 그런데 왜요?"

"아니요……."

나리타가 말을 얼버무렸다.

응접실에서는 젊은 여자가 혼자 그들을 기다리고 있었다. 야마모토와 나리타, A코와 B코가 차례로 응접실에 들어갔다.

"데라니시 메구미라고 합니다."

여자가 인사했다. 동그란 얼굴에 상당한 미인이다.

"그 핸드백 주인이라고 하셨죠?"

야마모토가 부드러운 말투로 묻자 여자가 고개를 끄덕였다. 그런데 그 순간 나리타가 그녀를 가리키면서 "거짓말이야! 이 사람이 아니야!"라고 소리쳤다.

"이봐, 당신! 왜 그런 거짓말을 하는 거지? 당신은 그 핸드백의 주인이 아니잖아!"

그의 느닷없는 행동에 데라니시 메구미는 어리둥절한 모습이었다. 야마모토가 나리타를 제지하고 나섰다.

"진정하세요. 이분이 핸드백 주인이 아니라고 어떻게 단언할 수 있죠?"

"그건……, 제가 본 여자와 다르니까요."

"하지만 그 여자가 핸드백 주인이라는 증거가 어디 있습니까? 그 여자는 그저 비슷한 핸드백을 들었던 것뿐일지도 모르잖아요. 게다가 이렇게 주인이라고 나섰으니 이쪽을 믿는 게 당연하지 않습니까?"

"하지만……."

나리타는 일단 입을 다물었다. 그리고 잠시 후 뭔가 생각이 났는지 고개를 번쩍 들었다.

"그래요, 당신이 정말 핸드백 주인이라면 왜 피가 묻어 있었는지 설명할 수 있겠죠?"

그러자 데라니시 메구미가 미소를 지으며 "그럼요."라고 분명하게 대답했다. 나리타는 눈을 부릅떴다.

"3월 14일 밤에 차를 가지러 주차장에 갔어요. 그런데 차 뒤에서 갑자기 복면을 쓴 남자가 나타나 제 팔을 잡더군요. 제가 소리를 지르려고 하자 손바닥으로 제 입을 막은 뒤 귀에 대고 말했어요. '당신, 3월 7일에 108편을 탔지? 그때부터 내내 지켜보고 있었어.'라고요. 너무 무서워서 저도 모르게 남자 손가락을 마구 깨물었어요. 그리고 남자의 힘이 풀린 틈을 타서 도망쳤죠. 그런데 남자가 핸드백 끈을 꽉 잡고 놓아주지 않아서 핸드백을 포기하고 그대로 차에 올라탄 뒤 도망쳤습니다. 집에 돌아와서 보니까 이에 피가 묻어 있더군요. 그러니까 핸드백에 묻은 피는 그때 범인이 흘린 피일 거예요."

데라니시 메구미가 막힘없이 설명했다. 야마모토는 납득이 간다는 듯이 고개를 끄덕였다. 그러나 나리타는 어안이 벙벙한 눈치였다. 눈앞에 벌어지는 상황이 믿기지 않는다는 듯 입을 쩍 벌리고 데라니시 메구미의 얼굴을 바라보았다.

"당치 않은 소리!"

나리타가 버럭 소리를 질렀다.

"당신, 대체 무슨 말을 하는 거야? 왜 그런 터무니없는 말을 하지? 거짓말을 잘도……."

"나리타 씨."

옆에서 야마모토가 달래듯이 그를 불렀다.

"그녀의 말이 터무니없다고 단언하는 이유가 뭡니까? 정황상 충분히 납득할 수 있는 이야기인데요."

"……."

대답할 말이 궁했는지 나리타는 입을 다물었다. 귓불이 벌겋게 물들어 있었다.

"귀중한 증언이라고 생각합니다."

야마모토가 말을 이었다.

"데라니시 씨의 말씀대로라면 범인도 그 비행기를 탔을 겁니다. 그리고 범인의 피가 핸드백에 묻어 있을 테고요. 그렇다면 범인은 밝혀진 거나 다름없습니다. 하나하나 조사해 보면 곧 드러날 겁니다. 마침 탑승객 명단도 있으니……"

"자, 잠깐만요."

나리타가 다급하게 야마모토의 말을 자르고 다시 데라니시 메구미를 바라보았다.

"이봐, 사실대로 말하지 그래. 복면을 쓴 남자에게 습격당했다는 얘기는 거짓말이지?"

그러자 메구미는 태연한 얼굴로 "아니요." 하고 고개를 저었다.

"모두 사실이에요."

"당신……"

나리타가 울상을 지었을 때 야마모토가 침착한 음성으로 말했다.

"자, 그럼 경찰 병원으로 가서 나리타 씨의 혈액부터 검사하도록 하죠. 혈액 검사를 하면 동일 인물인지 아닌지 금방 판명이 날 겁니다."

"아니, 갑자기 그런……"

"오래 걸리지 않아요. 혹시 혈액 검사를 꺼릴 만한 이유라도 있으신가요?"

"그렇지는 않지만……"

"그렇다면 경찰 병원으로 가시죠."

야마모토가 나리타의 팔을 잡더니 "자, 어서요." 하고 끌어당겠다. B코가 덩달아서 "자, 자." 하고 말하자 A코도 "어서요." 하고 장단을 맞췄다. 마지막에는 데라니시 메구미까지 동조해서 "자, 어서요."를 외쳤다.

"……죄송합니다."

네 사람의 압박에 더는 못 견디겠다는 듯이 나리타가 두 손으로 머리를 감싸 쥐었다. 그리고 반쯤 울먹이는 목소리로 말했다.

"전부 제가 꾸민 짓입니다."

7

"수고했어. 이제 가도 돼."

A코의 말에 데라니시 메구미는 고개를 꾸벅하고 나리타 쪽을 흘끗 본 다음 응접실을 나갔다.

"그녀는 신일본 항공 승무원, 그러니까 우리 후배예요. 나리타 씨를 추궁하려고 연기를 부탁했죠."

B코가 코를 벌름거리며 말했다. 마치 자신이 짜낸 아이디어라도 되는 듯한 태도다.

"역시 들통이 났군요. 어째 뭐가 좀 잘못 돌아간다 했더니만……."

나리타는 완전히 풀이 죽어 있었다.

"단념했으면 이쯤 해서 자백하지 그래?"

야마모토의 채근에 나리타는 어깨를 축 늘어뜨리며 고개를 끄덕였다. 그리고 더듬더듬 얘기를 시작했다.

"3월 7일에 ㄱ 비행기를 탔던 건 사실입니다. 출장에서 돌아오는 길이었죠. 그때 아주 예쁘게 생긴 여자가 제 옆자리에 앉았던 것도 사실이고요. 고상하고 이지적이고, 여성스럽고……, 완전히 한눈에 반하고 말았어요. 너무 흥분해서 이름과 연락처를 묻는 것도 잊어버릴 정도였습니다."

"그 정도로 미인이었어요?"

야마모토가 그런 여자라면 자신도 만나 보고 싶다는 듯이 물었다.

"멋진 여자였습니다. 그리고 그 여자를 향한 마음은 헤어진 후 더 강해졌어요. 어떻게든 다시 만나고 싶다는 생각에 진지하게 고민했습니다."

그런 거였군, 하고 A코는 생각했다. 나리타가 뭘 노렸는지 얼추 알 것 같았다.

"그래서 일단 신일본 항공에 승객의 이름과 연락처를 가르쳐 줄 수 있느냐고 문의했습니다. 하지만 사무원이 가르쳐 주지 않더군요. 깍쟁이처럼 말이에요."

"깍쟁이라서가 아니라 규칙이에요."

B코가 B코답지 않게 말했다.

"그래서 다시 생각을 해 봤죠. 승객을 모두 만나 볼 방법은 없을까 하고요. 그런 끝에 나온 것이 이번 계획이었습니다."

"요컨대 피 묻은 핸드백을 주차장에 던져 놓고 사람을 죽였다고 객실과 사무실로 전화했단 말이죠?"

A코가 확인했다.

"그렇습니다. 피 묻은 핸드백만으로는 경찰이 움직이지 않을 것 같아서 전화를 걸었습니다. 그런 다음 적당한 때를 기다렸다가, 핸드백 주인을 봤다고 증언하고 나선 거죠. 그러면 경찰이 저를 탑승객들과 만나게 해 주지 않을까 싶어서요. 만일 그 여자를 만나게 되면 역시 제 착각이었다면서 경찰을 따돌린 후 은밀히 그녀에게 연락할 계획이었어요. 99퍼센트 확실한 작전이라고 생각했는데……"

"그런데 정작 그 여자를 만나지 못했군요?"

B코가 재미있다는 듯이 말했다.

"네, 그렇습니다."

나리타가 참담한 표정을 지었다.

"그런 시시껄렁한 계획을 잘도 생각해 냈군."

야마모토가 비꼬듯이 말했다.

"제게는 시시껄렁한 계획이 아니었단 말입니다. ……그런데, 어떻게 제 거짓말을 눈치챈 겁니까?"

나리타는 아직도 미련이 남은 듯했다. 그러자 옆에 있던 A코가 "립스틱이에요." 하고 말했다.

"립스틱요?"

"네. 핸드백과 그 핸드백에 들어 있던 물건들은 당연히 나리디 씨기 준비했겠죠?"

"그래요. 제가 직접 사서 제 피를 묻혀 놓았어요."

"콤팩트랑 립스틱도 쓰던 것처럼 보이게 해 놓고요?"

"네. 정말 정교하지 않았나요?"

"그게 그렇지 않았어요. 그 립스틱은 지난 3월에 새로 출시된 상품이에요. 그러니까 채 일주일도 사용하지 않았을 텐데 너무 많이 닳아 없어졌더군요. 그건 결국 일부러 쓰던 것처럼 보이게 만들었다는 뜻 아니겠어요? 뒤집어 말하면, 그 립스틱을 사용한 사람이 실제로는 없었다는 얘기죠. 그럼 립스틱뿐 아니라 핸드백도 콤팩트도 주인 따위는 없다는 얘기고요. 그럼에도 주인이 있다고 주장하는 사람이 있어요. 그게 누굴까요?"

"저라는 말씀이군요."

나리타는 낙담한 표정을 숨기지 못했다.

"하필이면 그 립스틱이 새로 출시된 제품이었다니……."

"그래서 회사 사람들에게 협조를 구해 연극을 한 거예요. 처음에는 반신반의했지만, 나리타 씨가 낭패스러워하는 모습을 보고 확신했어요."

야마모토는 기분이 좋아 보였다. 쓰잘머리 없는 일에 휘둘린 만큼, 속이 후련할 것이다. 그는 "그럼, 가시죠." 하고 나리타를 일으켜 세웠다. 나리타는 아직도 미련이 남았는지 엉덩이를 들면서 "그런데 그 여자 손님은 대체 어디로 사라졌을까요?"라고 물었다.

"당신이 허깨비라도 본 거겠지."

야마모토가 농담처럼 말했다.

응접실을 나선 야마모토와 나리타를 따라 A코와 B코가 객실과 사무실 앞까지 왔을 때 수석 승무원 기타지마 가오리가 얼굴을 내밀었다. 그녀는 B코를 보자 "왜 여기서 꾸물거리고 있는 거야. 비행 준비를 할 시간인데."라고 평소처럼 잔소리를 하고서 총총히 사라졌다.

"기타지마 선배는 정말 잔소리가 심하다니까."

샐쭉해진 B코가 투덜거리며 객실과로 들어가려는데 A코가 그녀의 소맷자락을 잡아당기더니 손가락으로 나리타 쪽을 가리켰다.

나리타가 기타지마 가오리가 사라진 쪽을 물끄러미 바라보고 있었다.

"설마."

B코가 중얼거리자 A코는 "그 설마가 역시였나 봐."라고 대답했다.

"어떻게 된 일이죠?"

나리타가 울음을 터뜨릴 것 같은 얼굴로 그녀들을 돌아보았나.

"왜 저 사람이 승무원 복장을 하고 있는 겁니까? 지난번에는 분명히 객석에 앉아 있었는데요."

"그게 말이죠, 그날은 가오리 선배가 손님으로 탑승했거든요. 고향인 삿포로에 다니러 갔다 오는 길이었어요. 승무원도 업무 이외의 일로 비행기를 탈 수 있잖아요."

B코가 달래듯이 설명했다.

"그런데 왜, 왜 저분 사진은 보여 주지 않았습니까?"

나리타가 이번에는 야마모토를 물고 늘어졌다. 야마모토는 쓴웃음을 지었다.

"왜냐하면 저분이 핸드백 주인이 아니라는 걸 수사 시작 단계에서 알았으니까요."

"……그렇군요."

나리타는 입술을 깨물며 고개를 푹 숙였지만 잠시 후 숨을 크게 들이쉬며 다시 고개를 쳐들었다.

"좋아, 그럼 일단 목적은 달성한 셈이야. 지금부터라도 늦지 않았어. 반드시 그녀를 다시 만날 테야."

"그런데 어쩌죠? 이미 늦었어요."

B코가 심술궂은 표정으로 나리타를 바라보았다.

"선배가 결혼한다고 알리러 고향에 갔던 거니까요. 이번 가을에 결혼해요, 저 선배."

"뭐라고요? 그런 잔인한 일이……."

"안타깝네요. 크크크."

"게다가 당신은 지금 그런 생각을 할 때가 아니야."

야마모토가 나리타의 어깨를 툭툭 두드리며 말했다.

"죗값을 치르는 게 우선이지."

"흐어엉."

누가 A코를 노리는가

1

10월 9일 금요일, 삿포로발 도쿄행 신일본 항공 106편 A300 기는 예정대로 16시 15분에 지토세 공항을 이륙했다. 날씨는 쾌청. 바람도 없어 순조롭게 도쿄에 도착할 것 같았다.

이 비행기를 탄 승무원 A코는 손님 중에서 반가운 얼굴을 발견했다. 선배 승무원이었던 기타지마 가오리였다. 그러고 보니 그녀의 고향이 삿포로다. 올가을 결혼을 앞두고 그녀가 회사를 그만둔 게 불과 두 달 전 일인데 벌써 오랫동안 못 만난 기분이었다.

가오리는 창가 자리에 앉아 있었다. 못 본 사이에 한층 여자다워진 듯했다. 손님들에게 물수건을 나눠 줄 때 A코는 "오랜만이에요, 선배." 하고 조그만 소리로 그녀에게 인사했다. 가오리는 환한 미소로 응답했다. 수석 승무원이던 시절에는 엄격하게만 보이더니 전체적으로 온화해진 느낌이었다.

아무리 친한 사이라도 다른 승객들 눈이 있으니 개인적인 대화는 삼가야 한다. A코는 그녀에게 더 말을 붙이지 않고 평소대로 일을 계속했다.

비행기는 정시에 도쿄에 도착했다. A코를 비롯한 승무원들이 출구에 나란히 서서 승객들을 배웅하고 있으려니 맨 마지막으로 기타지마 가오리가 나오며 "A코 씨가 일하는 모습을 관찰하는 것도 오랜만이네." 하며 뭔가 의미라도 있는 것처럼 싱글거렸다.

"이제 저희들한테 신경 쓰지 않으셔도 괜찮아요, 선배."

A코가 눈썹 끝을 내려뜨리고 말하자 가오리는 점점 더 재미있다는 듯이 웃었다.

"나도 모르게 옛날 버릇이 나와서……라는 건 거짓말이고, 걱정 마. A코 씨는 이미 훌륭하게 제 몫을 해내고 있으니까. 문제는 A코 씨 파트너인……"

거기까지 말하고서 가오리는 다른 승무원들을 죽 둘러봤다.

"오늘은 없네, 그 문제아가."

그 문제아란 A코의 친구인 B코를 말하는 것이다. 전에는 가오리 선배를 끊임없이 괴롭혔지만, 지금은 다른 선배 승무원을 괴롭히고 있었다.

"오늘은 가고시마행을 탔을 거예요."

"그래? 덕분에 쾌적했네."

가오리가 웃으면서 말하고는 다시 목소리를 낮추어 "그런데 솔직히 말해서 그다지 쾌적하지는 않았어."라고 소곤거렸다.

"왜요, 무슨 일이 있었어요?"

"아니, 뭐, 사소한 일이야. 옆에 앉은 손님이 좀 이상했거든. 이륙 후부터 착륙할 때까지 내내 고개를 숙인 채 한 번도 얼굴을 들지 않잖아. 게다가 도중에 신음 소리까지 내고 말이야. 그래서 어디 불편한 데라도 있냐고 물었지만 손을 흔들기만 할 뿐 대답을 안 하는 거야."

"정말 이상하네요."

A코는 '가오리 옆에 어떤 손님이 앉았었더라?' 하고 기억을 더듬어 봤지만 떠오르지 않았다.

"짧은 시간이지만 그런 사람이 옆에 있으니까 기분이 영 우울하더라고."

가오리가 불쾌하다는 듯이 얼굴을 찡그렸다.

그녀가 내린 후 승무원들은 객실 점검을 마치고 객실과 사무실로 향했다. 거기서 담당 데스크에 운항 보고를 마치면 A코의 오늘 일과는 모두 끝난다.

'휴, 오늘도 무사히 마쳤네.'

안도의 숨을 내쉬며 A코는 체크기에 근무 카드를 찍었다.

2

다음 날.

"좋겠네, 오늘 쉬는 사람은."

아침에 일어나면서부터 B코는 이 말을 열 번 이상 되풀이했다. A코와 그녀는 룸메이트다. 오늘은 A코만 쉬는 날이라 B코가 그렇게 노래를 부르는 것이다.

"왜 그래, 너도 쉬는 날이 있잖아."

A코의 말에 B코는 "그땐 그때고 지금은 지금이지. 아, 나도 놀고 싶다!" 하고 되지도 않는 소리를 늘어놓더니 마지못해 집을 나섰다.

A코는 한숨 더 자고 일어나 오후에 쇼핑을 하러 나가기로 했다.

'왠지 이상하네.'

긴자의 어느 화랑에서 그림을 보고 있을 때 또 그런 기척을 느끼고 A코는 반사적으로 뒤를 돌아보았다.

아까부터 누가 보고 있는 듯한 느낌에 신경이 쓰여 견딜 수가 없었다. B코 같으면 남자가 자기를 바라본다고 야단법석을 떨었겠지만 그건 자의식 과잉 때문이고, A코가 오늘 받은 느낌은 그것과는 전혀 달랐다.

그것이 자신의 착각이 아니라는 걸 그녀는 보석점 쇼윈도를 들여다보고 있을 때 확신했다. 시야 한쪽 끝에서 뭔가 움직이는 걸 감지한 그녀는 일단 그쪽을 등지고 섰다가 획 돌아보았다. 그러자 검은 그림자 하나가 잽싸게 옆 건물 뒤로 사라졌다.

A코는 하이힐을 신은 채 그림자가 사라진 곳으로 뛰어갔다. 하지만 이미 거기에는 아무도 없었다.

'분명 미행당하고 있는 거야. 그런데 대체 누가?'

기분이 영 꺼림칙했다. 도무지 짐작이 가지 않았다. 일개 승무원을 미행해 봤자 득이 될 일이 뭐가 있을까.

오늘은 마음껏 놀 계획이었지만 그녀는 서둘러 저녁을 먹고 집에 돌아가기로 했다. 더는 미행당하는 기척이 느껴지지 않았지만 돌아다닐 기분이 아니었다.

'절대 착각이 아니야. 하지만 왜 나 같은 사람을……'

전철 창밖으로 흐르는 풍경을 멍하니 바라보며 A코는 곰곰이 생각해 보았다. 그러나 떠오르는 게 전혀 없었다.

역에서 나와 아파트를 향해 걸어갈 즈음에는 이미 어스름이 깔리고 있었다. 역에서 아파트로 가다 보면 초등학교 뒤쪽을 지나게 되는데, 밤에는 인기척이 별로 없는 한적한 길이다. 그 길을 A코는 빠른 걸음으로 걷기 시작했다.

자동차 엔진 소리가 들린 것은 부지런히 그 길을 걷고 있을 때였다. 처음에는 별로 신경을 쓰지 않는데, 불빛이 너무 빠르게 다가오는 느낌에 무심코 돌아보았다.

두 개의 불빛이 바로 뒤까지 와 있었다. 상향등인 탓에 그 불빛을 똑바로 바라볼 수 없었다. 눈이 부시네, 하고 생각한 것과 신변의 위협을 느낀 것은 거의 동시의 일이었다. 차가 그녀를 향해 돌진한 것이다.

비명을 지르면서 A코는 옆으로 몸을 날렸다. 그리고 착지에 실패해 무릎을 찧었다. 그런 그녀 옆을 차의 타이어가 요란한 마찰음을 내며 지나갔다.

그녀는 한참을 그 상태로 있었다. 놀라움과 공포로 몸이 말을 듣지 않았다. 몇 분이 지나서야 주섬주섬 핸드백을 주워 들고 일어섰다. 그러고도 한동안은 정신이 멍했다.

다시 같은 방향에서 차가 왔다. A코는 가방을 품에 안고 몸을 벽에 딱 붙였다. 그러나 이번 차는 속도를 충분히 줄인 데다 라이트 위치도 정상이었다.

그 차의 꼬리등이 멀어지자 A코는 정신없이 달렸다.

아파트에 돌아와 보니 B코가 먼저 들어와 쉬고 있었다. B코는 습격당했다는 A코의 말을 처음부터 곧이듣지는 않았지만, 그녀의 말투가 워낙 절박해서인지 점차 불안한 표정으로 바뀌었다.

"왜 너를 노리는데?"

"그걸 모르겠어. 누가 좀 가르쳐 줬으면 좋겠다."

"누구한테 원한 살 만한 일이라도 한 거 아니야?"

"그런 적은 없는 것 같은데."

"그래, 다들 그렇게 말하지."

"다들, 이라니?"

"표적이 될 만한 사람들 말이야. ……아, 물론 너는 다르지. 너는 내가 믿어."

B코는 다급히 손을 내저었다. A코는 B코의 동그란 얼굴을 쏘아보았다. 이런 상황에서도 B코는 진담인지 농담인지 모를 말을 내뱉는다. 그게 그녀의 장점이기도 하지만.

차의 번호판도 차종도 보지 못했으니 경찰에 신고하는 일은 보류하기로 했다. 게다가 치일 뻔했을 뿐 실제로 치인 것도 아니다. 누가 노리는 듯한 기분이 든다고 말하면 경찰은 어리둥절할 것이다.

"어쩌면 미인을 노리는 신종 변태일지도 몰라. 그렇다면 나도 조심해야겠네."

진지한 얼굴로 말하고 나서 B코는 과자를 우걱우걱 씹었다.

3

다음 날 정오가 조금 지났을 때 객실과 사무실에서 대기하는 A코를 엔도 과장이 불렀다. 무슨 일이지, 하며 책상 앞까지 가자 엔도가 소곤거리는 목소리로 형사가 왔다고 알려 주었다.

"형사가요?"

순간 A코의 머릿속에 어젯밤 일이 스쳤다. 그러나 그 일은 B코 말고는 아무도 모른다.

"어떤 사건을 수사 중인데, 관계자의 행동과 관련해서 확인하고 싶은 게 있는 모양이야. 그저께 106편에 탄 승무원을 만나고 싶다는군."

역시 어젯밤 일과는 무관한 듯했다.

"그저께 106편요? 아아……."

삿포로에서 돌아오는 그 비행기에는 A코뿐 아니라 기타지마 가오리도 우연찮게 탑승했다.

"다른 승무원들도 만날 테지만, 일단 지금은 하야세 씨밖에 없으니까 미안하지만 가서 잠깐 만나 봐."

"알겠습니다."

A코가 응접실로 가 보니 형사로 보이는 남자 둘이 홍보과장과 얘기를 나누고 있었다. 그녀가 들어서자 홍보과장은 자리를 떴고 그녀는 자기소개를 한 다음 소파에 앉았다.

"바쁘실 텐데 죄송합니다."

형사는 사카모토라고 자신을 소개하며 가볍게 고개를 숙였다. 삼십 대 중반쯤에 예리하게 생긴 남자였다.

"대수로운 용건은 아닙니다. 이 사진 속 인물이 이틀 전에 106편 항공기에 탑승했는지만 확인해 주시면 됩니다."

그가 양복 안주머니에 손을 넣어 사진을 한 장 꺼냈다.

"네. 하지만 승객들의 얼굴을 전부 다 기억하지는……."

"그러시겠죠. 그래도 한번 봐 주시겠습니까?"

A코는 형사가 건네는 사진을 받아 들었다. 정장 차림을 한 회사원 분위기의 남자가 온순한 표정을 짓고 있었다. 그런데 사진을 본 A코가 "아니!" 하고 저도 모르게 소리를 내고 말았다.

"본 적이 있습니까?"

형사들이 앞으로 바짝 다가들었다.

"이 사람, 이름이 쓰카하라 아닌가요?"

A코가 반문했다. 형사들이 놀랐는지 서로 얼굴을 마주 보았다.

"맞습니다. 어떻게 그걸……?"

사카모토가 물었다.

"아는 사람이에요. 대학 시절 친구인데……."

그러고서 A코는 사카모토의 눈을 마주 보았다.

"제가 이 사람과 아는 사이라는 걸 알고 계셨던 것 아닌가요?"

사카모토가 당황한 기색으로 고개를 저었다.

"아니요. 저희도 놀랐습니다. 상상도 못했어요. 승무원이시니까 탑승객 얼굴을 기억하지 않을까 싶어서 물어본 것뿐인데. 거참, 굉장한 우연이군요. 그런데 지금도 교류가 있습니까?"

"아니요, 최근에는 전혀⋯⋯."

"아하."

의외의 전개에 사카모토는 어떻게 대처해야 할지 망설이는 듯하다가 "이 사람, 혹시 엊그제 비행기에 탑승했습니까?"라며 일단 본론으로 돌아갔다.

"아니에요. 타지 않았을 거예요."

A코가 대답했다.

"만약 탔다면 제게 알은 체를 했겠죠."

"그렇겠군요."

"쓰카하라 씨가 106편을 탔다고 하던가요?"

이번에는 A코 쪽에서 물었다.

"아니요, 그런 건 아닙니다만⋯⋯."

사카모토의 말투가 왠지 모호했다.

이어서 그는 학창 시절의 쓰카하라가 어땠는지 등을 물었다. 이왕 일이 이렇게 되었으니 한번 물어나 보자는 정도의 뉘앙스라서 A코도 적당히 대답했다.

"저⋯⋯ 쓰카하라 씨가 어떤 사건에 연루된 건가요?"

마지막으로 그녀가 물었다. 아까부터 줄곧 마음이 쓰였던 것이다. 그러나 형사는 쉽게 속사정을 내보이지 않았다.

"아니, 뭐, 대단한 사건은 아닙니다. 게다가 쓰카하라 씨는 여러 관계자 중 한 명일 뿐이고요."

그는 대충 얼버무리고 말았다.

형사와 헤어져 객실과 사무실로 돌아온 후에도 A코는 한동안 멍하니 있었다. 쓰카하라의 일이 마음에 걸렸기 때문이다. 그는 대체 어떤 사건에 휘말린 것일까. 형사가 말로는 여러 관계자 중 한 명일 뿐이라고 했지만 쓰카하라의 동선을 꽤나 면밀히 조사하는 눈치였다.

'그가 용의자인가? 설마…….'

A코의 뇌리에 그의 새하얀 이가 되살아났다. 새까맣게 그을린 얼굴 때문에 하얀 이가 더욱 인상적인 남자였다.

쓰카하라와 A코는 단순한 친구 사이가 아니라 한때는 장래를 고려한 적도 있는 연인 사이였다.

두 사람은 도쿄 대학 테니스 동아리에서 만났다. A코보다 2년 선배인 쓰카하라는 친절하고 믿음직한 남자였다. 교양과 화젯거리도 풍부했다. A코에게 다가오는 남학생이 많았지만, 모든 면에서 그와는 비교가 되지 않았다.

그럼에도 두 사람이 쓰카하라의 졸업과 동시에 헤어진 이유는 결국 사고방식의 차이 때문이었다. 쓰카하라는 A코가 졸업하면 곧바로 결혼해 가정을 꾸려 나갔으면 했지만 그녀는 그보다 하고 싶은 일이 많았다. 그 무렵 그녀는 단순히 학교만 오가는 대학 생활에도 의문을 품기 시작한 참이었다.

쓰카하라가 졸업하고 얼마 지나지 않아 A코는 대학을 중퇴

하고 신일본 항공 승무원 시험에 응시했다. 그리고 두 사람은 완전히 다른 길을 걷기 시작했다.

그 후 한동안은 그를 만난 적이 없다. 서로의 주소조차 알 수 없어 편지도 오가지 않았다.

그랬던 두 사람이 재회한 것은 불과 석 달 전 일이다. 길거리에서 우연히 마주쳤다. 하지만 그 일은 왠지 형사에게 말하기가 꺼려져 입을 다물고 있었다.

"아니, 에이코 아니야?"

쓰카하라가 알은체를 했을 때 A코는 순간적으로 전기 충격이라도 받은 것처럼 몸이 움직이지 않았다. 그리고 그 그리운 얼굴을 바라보는 동안 A코의 얼굴에도 자연스럽게 미소가 어렸다.

종합 상사에서 일한다는 쓰카하라는 아주 어른스럽게 변해 있었고, 일 잘하는 상사맨 분위기를 풍겼다. 윤곽이 뚜렷한 얼굴 생김은 옛날 그대로지만, 약간 살이 붙고 피부색이 하얘진 점이 달랐다.

A코는 혼자였지만 그는 동행이 있었다. 서로를 간단히 소개한 후 그의 동행을 먼저 보내고 둘은 근처 카페로 들어갔다.

"많이 변했네. 전보다 더 예뻐졌어. 생기도 넘치고."

쓰카하라는 진심 눈이 부시다는 듯 그녀를 바라봤다. A코는 얼굴을 살짝 붉히면서 그의 근황을 물었다. 그는 현재 도쿄

본사의 산업 기기부에 근무하면서 주로 국내 거래처를 상대한다고 했다. 출장이 잦아 한 달 중에서 보름은 밖에서 지내는 듯했다. 아직 독신이고, 이대로 가다가는 결혼도 못할 것 같다고 농담처럼 말했다.

"에이쿠두 아직 혼자야?"

그가 조심스럽게 물었다.

"응, 혼자야."

"그렇구나."

거기에 대해 그는 다른 말을 하지 않았다. 그리고 헤어질 때 명함을 주었다. 명함 뒤에 그의 전화번호가 볼펜으로 적혀 있었다.

"마음이 내키면 연락해."

그가 고개를 약간 수굿한 채 말했다. A코는 아무 대꾸 없이 그 명함을 가방에 넣었다.

'마음이 내키면……'

A코는 그때 일을 떠올리고 한숨을 내쉬었다. 그를 생각하면 지금도 가슴이 두근거리는 게 사실이다. 그 또한 어쩌면 그녀의 전화를 기다릴지도 몰랐다. 그러나 그녀는 전화를 걸지 않았다. 마음이 내키지 않는 것은 결코 아니었지만.

그날 밤 A코는 집에 돌아가 낮에 있었던 일을 B코에게 애기했다. B코에게는 전에 쓰카하라에 관해 얘기를 들려준 적이 있었다. 형사가 보여 준 사진이 그의 사진이었다고 말하자 B코는 입에 머금었던 맥주를 뿜었다.

"그럼 그 사진 속 남자가 전에 말한 네 연인이었다는 거야?"

가슴을 쾅쾅 두드리며 B코가 물었다.

"옛날 얘기지. 그런데 '그 사진'이라니, 무슨 말이야? 너도 사진을 봤어?"

"오늘 비행을 마치고 났더니 형사가 나랑 비행기를 같이 탔던 메구 짱을 보자고 한다는 거야. 그래서 이 몸이 따라가 줬지. 그때 봤어."

"아아……."

메구 짱이란 후배 승무원인 데라니시 메구미를 말한다. 메구미도 그저께 106편에 탑승한 승무원 중 하나여서 불려 갔던 모양이다. '이 몸이 따라가 줬지.'라고 생색을 냈지만 실은 호기심에 따라갔을 것이 뻔하다.

"사진 속 남자가 106편에 탔었냐고 묻더라고. 메구 짱은 기억이 나지 않는다고 대답했고. 다른 승무원들도 그렇게 대답한 것 같아."

"만약 그 사람이 탔었다면 나를 알아봤을 거야. 형사에게도 그렇게 말했어."

"형사라는 사람들은 굉장히 신중해. 너도 잘 알잖아."

경찰에 관한 일이라면 자신이 빠삭하다는 듯이 말하고 B코
는 콧구멍을 벌름거렸다.

"그나저나 대체 무슨 사건을 조사하고 있는 걸까?"

A코로서는 그 점이 제일 신경 쓰였다. 신문 기사도 모조리
훑어보았지만 그와 관련이 있을 만한 사건은 찾을 수 없었다.

"확실한 건 잘 모르겠지만, 아무래도 살인 사건 같아."

B코가 대뜸 그렇게 말해 A코는 놀란 눈으로 그녀를 보았다.

"그걸 어떻게 알아?"

"사카모토라는 형사를 끈질기게 물고 늘어졌지. 나중에 홍
보과장에게도 물어봤고. 그랬더니 모리오카에서 일어난 살인
사건을 조사하는 것 같더란 말이지."

"모리오카라고? 그걸 왜 도쿄에서 조사해?"

"피해자가 도쿄 사람이거든. 모리오카로 출장을 갔다가 그
쪽 호텔에서 살해당했다는 거야. 목이 졸려서 말이지. 피해자
방에 들어갔다는 건 면식범이라는 뜻이잖아."

대체 무슨 수로 알아냈는지 의아할 만큼 B코는 속속들이 알
고 있었다. 사건이라면 호기심을 참지 못하는 성격이다.

'살인?'

쓰카하라가 그렇게 엄청난 사건에 연루된 것일까?

"출장을 갔다면 피해자가 도쿄에 있는 회사에 다닌다는 말
인데, 혹시 그 회사가 F상사니?"

A코가 물었다.

"맞아, F상사. 분명히 그렇게 들었어."

"역시……."

쓰카하라가 근무하는 회사가 F상사다. 그 사실을 말하자 B코는 "그래서 쓰카하라라는 사람을 의심하나?"라고 다소 조심스럽게 중얼거렸다.

"하지만 아무리 생각해 봐도 뭔가 이상해. 사건은 모리오카에서 일어났는데 왜 삿포로에서 오는 비행기를 탔느냐고 물어보는 거지?"

B코가 고개를 갸웃했다.

"글쎄, 그건 나도 모르겠어. 하지만 어쩌면……."

A코는 말을 꺼내 놓고 그 뒤를 잇지 못했다.

"어쩌면 뭐?"

"어쩌면…… 알리바이를 확인하는 건지도 몰라."

"알리바이라니?"

"사건이 발생했을 당시의 알리바이를 물었을 때 쓰카하라 씨가 자기는 그때 삿포로에서 도쿄로 돌아오는 비행기를 탔다고 대답했을지도 몰라."

낮에 A코가 물었을 때 사카모토 형사는 쓰카하라 본인이 그 비행기를 탔다고 주장한 것은 아니라고 했지만.

"그래? 만일 그게 사실이라면 우리가 증언한 내용이 쓰카하라 씨에게는 상당히 불리하게 작용하겠네."

"그야 그렇지만, 우리가 기억하지 못한다고 해서 그 사람이 106편을 타지 않았다고 할 수는 없지."

말해 놓고서 A코는 자신의 증언은 좀 다를지도 모르겠다고 생각했다. 만약 정말 쓰키히라기 됐다면 서로 알아보지 못했을 리 없기 때문이다.

'내 증언이 그에게는 치명적이지 않을까? 아니야, 괜찮아. 어떤 착오가 있었든, 그가 살인 사건의 범인일 리 없잖아.'

그 대목에서 A코는 곧바로 중대한 사실을 깨달았다. 심장이 쿵쿵 뛰기 시작했다.

"왜 그래? 너, 안색이 안 좋아."

B코가 걱정스러운 듯이 A코의 얼굴을 들여다봤다. A코는 억지로 미소를 지어 보이며 시치미를 떼려 했지만 볼이 파르르 떨렸다.

만일 쓰카하라가 범인이고 거짓 알리바이를 주장하고 있다면, 그리고 만일 그가 그 비행기에 A코가 탔다는 사실을 알았다면 그녀는 그에게 매우 위험한 존재일 수도 있다.

'어제 나를 공격했던 차……, 혹시 그가 운전했던 걸까?'

불길한 기운이 그녀 가슴속에 되살아났다.

4

다음 날 오후, 오사카에서 돌아오는 비행을 마친 A코가 객실과 사무실로 들어서자 B코가 다가와 귀엣말을 했다.

"형사가 여전히 그날 106편에 쓰카하라 씨가 탔는지 안 탔는지 조사하고 있나 봐. 그런데 승객 명단에는 쓰카하라라는 이름이 없대."

"다른 사람 이름으로 예약했을 수도 있잖아."

"만약 정말로 쓰카하라 씨가 탔다면 그렇게 생각할 수밖에 없겠지."

B코는 걱정스러운 얼굴이었다. 지금까지는 이런 사건에 휘말리면 신이 나서 떠들고 다녔는데, 이번만큼은 그런 활기가 없었다. 혐의를 받고 있는 사람이 A코의 옛 연인이라서 그럴 것이다.

"고마워. 이제는 일이 어떻게 되어 가는지 차분히 지켜보자. 어차피 우리가 할 수 있는 일이 아무것도 없잖아."

A코가 애써 미소를 지으며 B코에게 말했다.

"그야 그렇지만……."

B코는 개운치 않은 표정이었다. 그러거나 말거나 A코는 퇴근할 준비를 했다.

쓰카하라에게서 전화가 걸려 온 것은 그날 밤이었다.

마침 B코가 목욕을 하고 있을 때 전화벨이 울렸다. 저녁 설거지를 하고 있던 A코는 앞치마에 손을 닦고 수화기를 들었다.

"여보세요, 에이코?"

상대의 목소리를 듣는 순간 쓰카하라라는 것을 알아차렸다. 긴장으로 온몸이 굳어졌다.

"쓰카하라 씨……. 이 번호는 어떻게 알았어?"

A코는 그에게 집 전화번호를 가르쳐 준 적이 없었다.

"실은 에이코 고향 집에 전화해서 알아냈어. 친구와 둘이 산다면서?"

"으응……."

수화기를 쥔 손에 땀이 배었다.

"잘 지내지?"

"그래, 잘 지내."

말과는 반대로 몹시 무거운 음성이 A코의 입에서 흘러나왔다. 그래서인지 쓰카하라가 침묵했다.

"그런데 무슨 일로?"

"저……, 실은 내가 어떤 사건에 좀 휘말렸는데, 에이코한테도 형사가 찾아가지 않았나 궁금해서."

A코는 잠시 머뭇거리다가 "왔었어." 하고 대답했다.

"역시……."

쓰카하라가 말했다.

"형사가 에이코 이름을 꺼내더라고. 하야세 에이코라는 사람을 알지 않느냐고 말이야. 그건 왜 묻느냐고 물어봤지만 대답해 주지 않았어."

"그랬구나."

형사가 쓰카하라에게는 그녀가 106편에 탑승했던 승무원이라는 사실을 숨긴 듯했다.

"있잖아, 쓰카하라 씨."

그녀가 다시 입을 열었다.

"대체 무슨 사건에 어떻게 휘말린 거야? 왜 경찰이 쓰카하라 씨를 의심하지?"

잠시 침묵이 흐른 후 그가 "여러 가지로 사정이 있어."라고 말했다.

"한마디로 설명하기 힘들어. 조만간 직접 만나서 찬찬히 얘기했으면 좋겠어. 그래서 전화했어."

"직접 만나다니, 쓰카하라 씨는⋯⋯."

경찰에게 감시당하고 있잖아, 라고 말하려 했지만 차마 입 밖에 낼 수 없었다.

그런데 그 역시 그런 점을 의식하는 듯했다.

"형사는 어떻게든 따돌려 볼게. 별로 어려운 일도 아니야. 에이코, 내일 시간 있어?"

"만들어 볼게."

그러자 그는 만날 시간과 장소를 제안했다. 오후 5시에 도쿄에 있는 어느 백화점 옥상에서 만나자는 것이었다.

그곳은 얼마 전까지만 해도 비어 가든을 운영하던 곳이지만 지금은 벤치가 몇 개 놓여 있을 뿐이었다. A코가 벤치에 앉아 기다리고 있자니 정가 5시에 회색 양복을 입은 쓰카하라가 나타났다. 그가 옛날부터 시간을 잘 지켰다는 기억이 났다.

그는 A코를 발견하자 고개를 끄덕하더니 아무 말 없이 그녀 곁에 앉았다.

"에이코에게 폐를 끼치는 건 아닌지 모르겠어."

쓰카하라가 먼저 말을 꺼냈다.

"폐랄 건 없어. 다만, 영문을 알 수 없어서……."

"그렇겠지."

그는 한숨을 길게 내쉬고 나서 머리를 북북 긁었다.

"내 윗사람 중에 나카가미라는 과장이 있는데 그 사람이 모리오카의 호텔에서 살해당했어."

A코는 침을 삼키고 싶었지만 입안이 바짝 말라 있었다.

"그런데 그 출장에 내가 동행했거든."

"그래서 경찰이 쓰카하라 씨를 의심하는 거야?"

그는 천천히 고개를 저었다.

"그런 이유도 있겠지만, 경찰이 나를 의심하는 가장 큰 이유는 살해 동기가 있다고 여기기 때문일 거야. 전부터 나랑 과장이 일에 관해 의견이 잘 맞지 않았거든. 그래서 과장이 날 쫓아내고 싶어 했어."

"그게 동기라는 거야?"

"그런 것 같아."

쓰카하라가 씁쓸하게 웃었다. 그 옆얼굴을 보면서 A코는 조금 안도했다.

"하지만 내게는 알리바이가 있어."

"어떤 알리바이?"

"나는 모리오카에서 과장과 헤어진 후 한발 앞서 도쿄로 돌아왔어. 과장이 살해당한 시각을 상당히 정확하게 추정할 수 있는 모양인데, 그 시각에 나는 신칸센을 타고 있었거든."

"신칸센을?"

A코가 물었다.

"비행기가 아니라?"

"A코도 알겠지만, 하나마키(모리오카에서 가까운, 역과 공항이 있는 곳—역자 주)에서 도쿄로 오는 노선이 지금은 없어졌잖아. 그래서 기차를 타고 왔는데, 그날 밤 입사 동기의 송별회가 있어서 그길로 송별회 장소로 달려갔어. 그러니까 증인이 여럿 있는 셈이지."

"아, 그랬구나……."

송별회에 나타난 시각에서 거꾸로 계산하면 쓰카하라가 늦어도 몇 시에 기차를 탔는지 밝혀진다. 그 시각이 사건 발생 시각보다 먼저라면 그의 알리바이는 성립하는 셈이다.

"하지만 이상하네. 형사들은 쓰카하라 씨가 삿포로발 도쿄행 비행기를 타지 않았느냐고 묻던걸."

"삿포로발 도쿄행? 그건 왜지?"

"이유는 모르겠지만 쓰카하라 씨 사진을 보여 주면서 그렇게 물었어."

말하고 나서 A코는 문득 떠오르는 것이 있었다. 그녀는 가방 안에서 항공기 운항 시간표를 꺼내어 펼쳤다.

"역시 그렇구나. 하나마키에서 도쿄로 오는 노선은 없어졌지만, 하나마키에서 삿포로로 가서 도쿄행 비행기를 타는 방법이 있어. 삿포로에서 기다리는 시간도 별로 길지 않고."

그녀가 가리키는 곳을 들여다보고 쓰카하라도 고개를 끄덕였다.

"아하, 그런 방법이 있었군. 그렇게 하면 아슬아슬하게 송별회 시간에 맞출 수 있겠네. 경찰은 내가 그 방법을 써서 알리바이를 만들었다고 생각하는 거야."

사건이 일어났을 때 경찰은 맨 먼저 쓰카하라를 의심했다. 그러나 그는 그 시각에 기차를 타고 있었다는 알리바이를 내세웠다. 그래서 형사들은 비행기를 탔을 가능성을 조사했고, 마침내 삿포로를 경유하는 방법이 있다는 사실을 알아낸 것이다.

"형사들은 쓰카하라 씨가 그날 106편을 탔다는 증언이 필요했던 거야. 그래서 우리가 아니라고 했는데도 집요하게 그 가능성을 추궁하는 거지."

A코가 거기까지 말했을 때 옆에 있던 자동판매기 뒤에서 툭, 소리가 났다. 그 소리를 듣지 못한 쓰카하라가 계속 말을 하려고 하자 A코는 "쉿." 하며 그를 제지했다.

"왜 그래?"

쓰카하라가 목소리를 낮추어 물었다. A코는 자동판매기를 가리키며 "누가 숨어 있어."라고 소리를 낮추어 대답했다.

쓰카하라의 안색이 파래졌다.

어쩌면 얼마 전 자신을 습격한 범인일지도 모른다고 생각한 A코가 살금살금 자동판매기로 다가갔다. 그리고 그 뒤로 획 돌았다.

"꺅!"

비명을 지른 사람은 A코가 아니라 상대편이었다. 무슨 짓이야, 라고 따끔하게 한마디 하려던 A코는 숨어 있던 인물의 정체를 알고 입을 딱 벌렸다.

"B코! 너……, 이런 데서 뭘 하고 있어?"

"히히히, 들켰다."

B코가 머리를 긁적거리면서 일어서는데, 평소와 달리 청바지와 티셔츠의 수수한 차림이다. 아무래도 변장할 목적이었

던 듯했다.

"실은 어젯밤에 목욕하는 척하면서 네 전화를 엿들었거든. 그러다가 이거 큰일이다 싶어서 말이지."

"뭐가 큰일이라는 거야?"

A코의 목소리가 자신도 모르게 날카로워졌다.

"너무 그렇게 화내지 마. 있잖아, 어쩌면 지난번에 너를 습격한 사람이 쓰카하라 씨일지도 모르겠다고 생각했어. 잘은 모르지만, 알리바이를 주장하는 데 네가 방해가 된다고 생각하지 않나 싶어서 말이야. 그래서 만약 무슨 일이 생기면 너를 구하려고……."

설명하고 나서 B코는 미안하다며 고개를 꾸벅했다.

"네 연인이었던 사람이 그런 짓을 할 리 없지만, 아무래도 신경이 쓰여서 말이야. 방금 두 사람이 나누는 얘기를 듣고서야 내가 엉뚱한 오해를 했다는 걸 알았어. 정말 미안해."

몇 번이나 꾸벅거리는 B코를 보면서 A코는 그녀를 나무랄 일이 아니라고 생각했다. 자신도 똑같은 의심을 품지 않았던가.

"에이코를 습격하다니, 그게 무슨 소리야?"

쓰카하라가 의아한 표정을 지었다. A코는 며칠 전에 차에 치일 뻔했던 일을 설명했다. 그의 얼굴이 굳어졌다.

"물론 나는 아니야. 하지만 대체 누가 그런 짓을……?"

A코는 고개를 저었다.

"위험해. 자신도 모르는 사이에 남에게 원한을 샀을 수도 있으니까 빨리 경찰에 알리는 게 좋겠어."

"저, 그 일 말인데."

B코가 고개를 수그린 채 치켜뜬 눈으로 A코를 바라보았다.

"실은 내가 이미 경찰에게 얘기했어."

그리고 그녀는 A코의 등 뒤를 가리켰다. A코가 뒤를 돌아보니 사카모토 형사 일행이 서 있었다.

"아니, 너……."

"미안해. 하지만 만일 쓰카하라 씨가 너의 목숨을 노린다면 나 혼자서는 불안하잖아."

"후지 씨가 귀중한 정보를 제공해 주셨습니다. 사실 저희는 하야세 씨를 의심하고 있었거든요."

사카모토가 A코에게 다가오며 말했다.

"하야세 씨가 쓰카하라 씨와 짜고 예의 비행기에 그가 탔다는 사실을 고의로 숨기는 게 아닐까 의심했습니다. 그런데 조금 전 두 분이 나누는 대화를 듣고 적어도 하야세 씨는 사건과 무관하다는 걸 알았습니다."

"쓰카하라 씨도 잘못이 없는 것 같은데요."

B코가 끼어들었다.

"아니, 그건 아직 단정할 수 없습니다."

사카모토가 입가에 야릇한 미소를 머금고 쓰카하라 쪽을 슬쩍 눈질했다.

"비행기 트릭을 이제야 알게 된 것처럼 행세하지만, 실제로 그런지는 알 수 없지요. 쓰카하라 씨가 하야세 씨를 습격했을 가능성도 배제할 수 없습니다."

"제가 그녀의 목숨을 노릴 이유가 뭡니까?"

쓰카하라가 분노에 찬 말투로 물었다.

"가령 당신이 106편을 탔다면 하야세 씨가 승무원 중 한 사람이라는 사실을 알았겠죠. 만약 하야세 씨 쪽에서도 당신을 알아보았다면 알리바이 조작은 무의미해집니다. 그래서 그녀를 죽이려 했다. 그런 식으로 생각한 거죠."

"말도 안 되는 소리."

쓰카하라가 내뱉듯이 말했다.

"말이 되는지 안 되는지는 차차 알게 되겠죠. 그리고 지금 저희가 그날 106편에 탑승한 승객 전원을 조사하고 있는데, 정체를 알 수 없는 승객이 한 명 있더군요. 그게 누구인지 반드시 밝혀내겠습니다."

그렇게 말한 뒤 사카모토는 함께 온 형사에게 눈짓을 하고 물러가려고 했다. 그런데 그때 A코가 "잠깐만요." 하고 그를 불러 세웠다. 사카모토가 걸음을 멈추고 돌아보았다.

"정체를 알 수 없는 승객이 한 명 있다고 하셨죠?"

사카모토는 고개를 끄덕이며 "네. 가명을 사용한 것 같습니다."라고 대답했다.

"그 사람이 쓰카하라 씨라는 증거는 없죠?"

"뭐, 아직까지는요."

사카모토는 또 쓰카하라 쪽을 힐끔 보았다.

"쓰카하라 씨는 아니더라도, 가명을 사용한 그 승객이 모리오카 사건의 범인일 가능성은 있겠죠?"

A코의 질문에 사카모토가 미간을 찡그리며 고개를 갸웃했다.

"그건 무슨 말이죠?"

"그러니까,"

A코는 입술을 축이고 나서 심호흡을 한 번 했다.

"가령 범인이 그날 도쿄에 있어야 할 사람인데 범행을 저지르려고 몰래 모리오카에 갔다고 쳐요. 그런 경우에도 범인은 범행 후 삿포로로 가서 106편을 탔을 가능성이 있다고 봐요."

"그건…… 그럴 수도 있겠군요."

"그리고 도쿄에 돌아오자마자 누군가를 만나서 알리바이를 만든 거예요."

"아하, 저희가 쓰카하라 씨를 의심했듯이 다른 사람에게도 똑같은 논리를 적용해 보자는 거군요."

사카모토의 말이 끝나자 A코는 쓰카하라 쪽으로 고개를 돌렸다.

"쓰카하라 씨, 그날 도쿄에 돌아와서 입사 동기의 송별회에 참석했다고 했지?"

"응, 그래."

"그 송별회에 참석했던 사람들이 모두 찍힌 사진, 가지고 있어? 확인하고 싶은 게 있어서 그래."

"송별회가 끝난 후 다 함께 찍은 사진이 있긴 있어. 혹시 그 송별회에 참석했던 사람들 중에 범인이 있다고 생각하는 거야?"

"사진을 보고 나서 얘기해 줄게. 사진, 어디 있어?"

"내 방에 있어."

"그럼 지금 가자. 형사님들도 같이 가시겠어요?"

"물론입니다. 그런데 대체 뭘 확인하시겠다는 겁니까?"

"아직 단언할 수는 없지만, 진범을 알아낼 수 있을지도 몰라요."

네에? 하고 놀라는 형사들을 무시하고 A코가 이번에는 B코에게 말했다.

"B코, 기타지마 선배에게 연락 좀 해 줘."

5

쓰카하라가 다시 공항을 찾은 것은 사건이 해결된 지 열흘

쯤 지나서였다. A코는 그와 함께 건물 밖으로 나가 비행기가 이륙하거나 어딘가에서 날아오는 광경을 바라보았다.

"해외 근무를 나가게 됐어."

쓰카하라가 밝은 목소리로 말했다.

"전부터 희망하던 일인데 이제야 겨우 이루어졌어. 마침 잘 됐다고 생각해. 잊고 싶은 일도 많고 하니까."

"그렇구나."

A코가 활주로 쪽으로 시선을 향한 채 말했다.

"한동안 일본에 돌아오지 못할 거야."

"······그것도 잘됐네."

"에이코에게는 신세를 많이 졌어. 덕분에 황당한 의혹에서 벗어날 수 있었어."

"아니야······, 별일도 아닌데, 뭐."

A코가 머리를 쓸어 올리면서 미소를 지었다.

그날 쓰카하라의 방에서 송별회 때의 사진을 본 A코는 곧 바로 기타지마 가오리를 불러냈다. 그리고 며칠 전 그녀가 106편에 탔을 때 옆자리에 앉았다는 이상한 남자가 그중에 있는지 물어보았다. 사진을 한참 들여다보던 가오리가 손가락으로 사진 속 한 남자를 톡톡 두드렸다.

"이 남자야. 틀림없어. 그때는 코 밑에 수염이 있었지만, 이 남자가 분명해."

그 사람은 쓰카하라의 동기로 다구치라는 남자였다.

"역시."

에이코가 중얼거렸다.

"역시라니?"

"이 사람이 범인이에요."

A코가 사카모토 형사에게 말했다.

"쓰카하라 씨와 마찬가지로 이 사람도 그날 송별회에 참석해야 했어요. 그래서 도쿄에서 일부러 모리오카까지 가서 과장을 살해한 후 삿포로를 경유해서 도쿄로 돌아온 거예요."

생각지 못한 전개에 사카모토는 할 말을 잃었는지 한참 사진을 들여다본 후 "이 사람이 이분 옆에 앉았다는 걸 어떻게 알았어요?"라고 기타지마 가오리를 가리키며 A코에게 물었다.

"그날 비행기에서 제가 기타지마 선배에게 말을 걸었던 일이 생각났어요. '오랜만이에요, 선배', 그랬던 것 같은데, 그때 선배는 환하게 미소만 지을 뿐 소리 내어 대답하지 않았어요. 그러니까 만일 그때 선배 이외에 저를 아는 사람이 거기 있었다면 자신에게 말을 걸었다고 착각했을 수도 있어요."

"그럼 이 다구치라는 남자가 아는 사람이란 말입니까?"

"조금요."

그리고 A코는 쓰카하라를 보았다. 그는 기억이 안 난다는 표정을 잠깐 짓다가 이내 입을 크게 벌리며 고개를 끄덕였다.

"아아, 그때!"

"그래, 그때 만났었잖아."

석 달 전쯤 A코가 쓰카하라를 우연히 만났을 때 그와 함께 있었던 사람이 바로 다구치였다.

"다구치 씨가 저를 기억하고 있었던 거예요. 그래서 제가 선배에게 말을 걸자 자신에게 하는 말로 착각한 거죠. 이대로 가다가는 알리바이가 무너질지 모른다는 걱정에 다음 날 저를 습격한 거고요."

"그렇게 된 일이군."

사카모토가 팔짱을 끼며 신음하듯 중얼거렸다.

형사들의 활약으로 다구치는 단박에 체포되었다. 기타지마 가오리가 그의 얼굴을 기억하고 있었던 점이 치명적이었다. 다구치는 살해된 나카가미 과장의 아내와 내연 관계였고, 그 사실이 폭로될 것을 우려한 나머지 범행을 저지른 듯했다. 일부러 모리오카까지 간 것은 경찰이 의심의 눈길을 쓰카하라에게 돌리도록 하려는 의도였다고 자백했다.

아무튼 그렇게 해서 사건은 해결되었다. A코가 쓰카하라를 만난 것은 그 이후 처음이다.

"이번 사건 덕분에 분명해진 게 하나 있어."

쓰카하라가 말했다.

"그건 말이지, 에이코가 그때 나랑 헤어지기를 잘했다는 거

야. 주위에 멋진 친구들이 생기고, 아울러 에이코 자신도 빛
나게 되었으니 말이야."

그는 옛날처럼 하얀 이를 반짝거리며 웃었다. 그리고 오른
손을 내밀었다.

"안녕, 잘 지내."

A코도 그 손을 꼭 잡았다. 굳어 있지만 따스한 손이었다.

"잘 가."

A코도 인사했다.

쓰카하라는 그녀의 손을 놓고 빙그르 돌아 반대편을 향해 걸
었다. 그가 뒤를 돌아볼 것 같지 않아 A코도 뒤돌아섰다. 그리
고 일터로 향했다. 왠지는 모르지만 눈물이 나오려고 했다.

그때 저 앞쪽에서 사람 그림자가 나타났다. B코가 손을 흔
들고 있었다.

"뭐 하는 거야, A코! 붕어빵 사 왔으니까 빨리 먹자."

"지금 가."

A코도 한 손을 들어 답했다.